Narratori Feltrinelli

Banana Yoshimoto
Il giardino segreto

Il Regno

3

Traduzione di Gala Maria Follaco

Titolo dell'opera originale

王国

その3 ひみつの花園

(Ōkoku Sono 3: Himitsu no hanazono)

© 2005 Banana Yoshimoto Japanese original edition
published by Shinchosha Publishing Co.,
Ltd Italian translation rights arranged
with Banana Yoshimoto through Zipango, s.l.

Traduzione dal giapponese di
GALA MARIA FOLLACO

© Giangiacomo Feltrinelli Editore Milano
Prima edizione ne "I Narratori" aprile 2016

Stampa Grafica Veneta S.p.A. di Trebaseleghe - PD

ISBN 978-88-07-03185-4

www.feltrinellieditore.it
Libri in uscita, interviste, reading,
commenti e percorsi di lettura.
Aggiornamenti quotidiani

IL RAZZISMO
È UNA
BRUTTA STORIA.
razzismobruttastoria.net

Avvertenza

Per la trascrizione dei nomi giapponesi è stato adottato il sistema Hepburn, secondo il quale le vocali sono pronunciate come in italiano e le consonanti come in inglese. Si noti inoltre che:
ch è un'affricata come la *c* nell'italiano *cesto*
g è sempre velare come in *gatto*
h è sempre aspirata
j è un'affricata come la *g* nell'italiano *gioco*
s è sorda come in *sasso*
sh è una fricativa come *sc* nell'italiano *scelta*
w va pronunciata come una *u* molto rapida
y è consonantica e si pronuncia come la *i* italiana.
Il segno diacritico sulle vocali ne indica l'allungamento.
Seguendo l'uso giapponese, il cognome precede sempre il nome (fa qui eccezione il nome dell'autrice).
Per il significato dei termini stranieri si rimanda al *Glossario* in fondo al volume.

Il giardino segreto

Fu triste, ma non lo potemmo evitare, e credo che tutto ebbe inizio nel momento in cui Shin'chirō si decise a cambiare le cose.

Eravamo convinti che il nostro amore poggiasse su fondamenta solide, ma sotto sotto sapevamo che si trattava di un equilibrio estremamente precario. E il nostro tentativo di rafforzarle fallì. Succede spesso.

Ciò che è destinato a finire prima o poi finirà, anche se si finge di non capire.

Io mi sentivo sola e triste, annoiata. Per questo mi ero affezionata a lui.

Lui, invece, era stanco dell'esistenza che conduceva. Gli ero apparsa davanti come una visione completamente nuova, infondendogli coraggio all'istante. Sono sicura che ci fosse qualcosa di vero in tutto ciò, ma, per quanto cercassimo di abbellirla, la realtà non sarebbe cambiata.

Ripeto, è una situazione che si verifica spesso, eppure per noi due era la prima volta.

Quando ci ripenso mi dico: "Sono felice di averlo avuto accanto in quel periodo della mia vita".

Sono felice di aver vissuto un'esperienza come quella: somigliava a una fiera di paese, e i premi che avevo raccolto a piene mani erano i ricordi che avrei custodito dentro di me.

Mi piaceva stare con lui a guardare le stelle. La sua andatura era perfetta per me.

Mi piaceva la curva della sua schiena quando si accovacciava per prendersi cura delle piante, così come il tono pacato con cui parlava, la voce un po' roca e persino il suo modo di guidare quando veniva a prendermi.

In quel periodo lo avrei potuto osservare per ore senza stancarmi, mi ritrovavo sempre accanto a lui. In fondo è così quando si è innamorati, no?

Shin'chirō e io trascorremmo l'autunno alla ricerca di un appartamento in cui trasferirci.

Furono giorni allegri, forse i migliori per noi.

Ne andavamo a vedere ogni giorno, ce li sognavamo persino di notte.

Nei miei sogni, percorrevo a piedi le vie della città insieme a Shin'chirō e pensavo soltanto alla casa che stavamo cercando.

Indicavamo con il dito quelle che ci colpivano.

In sogno sembravamo divertirci ancor più che nella realtà.

Sorridevamo, i nostri volti risplendevano come se fossimo sul punto di spiccare il volo. Camminavamo così a lungo che le gambe iniziavano a farmi male, ma non me ne accorgevo, era come viaggiare. Ora che stiamo cercando casa possiamo vederci tutte le settimane, che bello!, e ci prendevamo per mano. In sogno non esistevano né agenti immobiliari, né chiavi, né limiti riguardo all'affitto, potevamo entrare in tutte le case che desideravamo, comprese le ville più lussuose. Le strade erano piene di torri colorate, e il distretto di grattacieli in lontananza era immerso in una nebbia che lo faceva apparire come una città del futuro.

Sotto il cielo stellato si apriva una sola, lunga strada, e noi la percorrevamo a passo svelto. Il vento era freddo, l'aria aveva un sentore dolce. Nei miei sogni le stelle emanavano una luce fortissima.

Camminavo controvento e mi sentivo indolenzita, ciononostante avrei voluto dire a Shin'chirō che insieme a lui sarei arrivata fino in capo al mondo.

Glielo avrei voluto dire con tutta me stessa, ma non ce la facevo.

Le stelle erano troppo luminose, e il profilo di Shin'chirō mi appariva troppo fiero, troppo severo: non riuscivo a rivolgergli la parola. Non capivo perché.

Be', la vera ricerca dell'appartamento non somigliava a quella del sogno, era molto più banale e ripetitiva.

Però è stata un'esperienza interessante, anche considerando le case bizzarre che abbiamo visto. Alcune ci hanno fatto letteralmente scoppiare a ridere.

Quel piccolo trilocale che dava sulla strada con i negozi... Il volume delle canzoni in filodiffusione era talmente alto da far uscire di senno chiunque si fosse ritrovato ad abitarci.

"Se venissimo a vivere qui sentiremmo sempre..." e indicai le casse acustiche simili a due enormi convolvoli che pendevano dal palo dell'elettricità proprio sotto alla finestra, "...il rumore che proviene da queste due casse, o mi sbaglio?"

L'agente rispose: "Ma no, di notte non trasmettono nulla".

Fantastico! Non aveva risposto affatto alla mia domanda... Mi sembrava di stare partecipando a un'interrogazione parlamentare.

"E se il sabato e la domenica restiamo in casa tutto il giorno?"

"Be', sono solo due giorni alla settimana."

Sì, sono solo due giorni, ma sono gli abitanti di questo appartamento a doverci stare, non tu!, pensai, ma lo tenni per me.

Poi c'era la casa in cui per aprire la finestra serviva una

scaletta, quella con una scala a chiocciola assurda, quella di un solo piano in cui si era voluto a ogni costo ricavare un soppalco. A dormire in quel soppalco di mattina, quando il sole entra dalla finestra, probabilmente si rischiava di morire per il caldo.

E poi quella specie di seminterrato dove il sole non arrivava mai.

Non riuscivo a credere che qualcuno potesse propormi sul serio di vivere in un posto come quello.

"Qui non si può coltivare neanche il muschio," scherzai. L'agente immobiliare, irritato a causa delle nostre pretese eccessive, ripeté: "Può interessare a qualcuno che di giorno è fuori per lavoro".

Le priorità variano da persona a persona. Per alcuni conta la distanza dalla stazione, per altri la presenza di una stanza tutta per sé. Nel mio caso, l'esposizione al sole e la vicinanza al posto di lavoro erano fondamentali. Non vivevo più in montagna e gli scorci piacevoli, nella zona, non erano molti. Fare la stessa strada tutti i giorni prima o poi mi avrebbe stancato. Preferivo avere tutto vicino. Volevo prendere in affitto un appartamento dal quale avrei potuto raggiungere a piedi il mio posto di lavoro, cioè la casa di Kaede.

Gliel'avrò spiegato migliaia di volte, ma l'agente immobiliare ne faceva solo una questione di soldi, e questo non mi piaceva. Noi non avevamo mai lontanamente sfiorato l'argomento, non avevamo mai pronunciato la frase "Trovi per noi l'appartamento più economico possibile", eppure, come per magia, si tornava sempre a parlare di soldi.

Non riuscivamo a comunicare... Era incredibile, eppure eravamo tutti e tre degli esseri umani, e non stavamo parlando di religione o di questioni di vitale importanza. Lo trovavo ridicolo, ma mi dava anche un po' i brividi.

Ciò che per me è scontato non lo è per tutti... E allora come bisogna fare per poter andare avanti? Dobbiamo trovare persone che la pensino come noi e cercare di stare soltanto con loro?

Certo, di solito è così che funziona, ma non sempre, e qualche volta incontriamo persone che provengono da mondi diversi dal nostro. Non parlo di stranieri, ma di persone giunte da ancora più lontano. Proverò a spiegarmi meglio, pur mantenendo un tono leggero.

Immagina di essere il mio interlocutore, partendo dal presupposto che tu e io non abbiamo nulla in comune.

Se il tuo lavoro consistesse nel coltivare piante, cosa succederebbe? Dovresti farle crescere, alcune volte lasciarle essiccare, quindi sarebbe essenziale avere a disposizione luce solare in abbondanza. In una casa che non è esposta al sole rischieresti di veder diminuire anche il tuo volume di affari, no? Inoltre ci sono piante che non si possono coltivare al chiuso, quindi, anche a costo di sacrificare spazio, sarebbe necessario un terrazzo. Per un'agenzia immobiliare fa differenza se ci si trova di fronte a una stazione, dove c'è un continuo andirivieni di pedoni, piuttosto che su una strada a scorrimento veloce. Sforzati di vederla in quest'ottica, e credo che capirai ciò che voglio dirti. Ne va anche della nostra sussistenza, capisci?

Mettere il denaro al centro della questione: questa fu la mia strategia.

E inaspettatamente funzionò. In quella circostanza avevamo parlato la stessa lingua: "I soldi sono importanti".

Non so spiegare come, ma, dall'istante in cui recepì il mio messaggio, la persona che avevo davanti cominciò ad acquistare sembianze umane. Che forza, le parole. Non vi ripongo fiducia, tuttavia penso che siano uno strumento incredibile.

Con la nonna, naturalmente, non avevo bisogno di ricorrere a trucchi come quello. Comunicavamo senza quasi bisogno di parlare. Ho sempre creduto che vivere insieme, lavorare insieme, significasse proprio questo. Non che alla nonna mancasse il dono della parola. Mi ha tirato su spiegandomi tutto almeno una volta.

Quindi mi sembrava assurdo che quel tizio, a dispetto delle mie indicazioni, proprio non riuscisse a capire: se persino una persona come me, che non ha avuto dei genitori, ha imparato con il tempo ad assecondare la volontà altrui, perché a lui – che dei genitori deve averli avuti – risultava così difficile?

Cosa avevano fatto i suoi genitori fino a quel momento?

Eppure si saranno visti ogni giorno. Senza mai sapere se l'indomani si sarebbero rivisti. Malgrado l'amore che nutriva per loro.

Considerazioni come quella mi turbavano, erano sufficienti a mettere in moto i miei pensieri. E forse questo era del tutto naturale.

Un vento freddo, a Tōkyō, sferzava i giardini: era arrivato l'inverno.

Mi piacevano gli inverni in città, mi piacevano sempre di più.

Mi piacevano anche quelli trascorsi in montagna, ma per una persona che soffre il freddo come me, la città d'inverno è una specie di paese del Sud. Ero felice di potermi evitare quelle screpolature tremende. Avevo iniziato a dimenticare il dolore tipico della pelle che si lacera lasciando intravedere il sangue.

Potevo uscire con un semplice cappotto e camminando il mio corpo si scaldava. Mi sentivo avvolta dal viso alla punta delle dita da qualcosa di simile a una gradevole luce. Era una sensazione deliziosa, come se il mio viso irradiasse calore. All'interno il mio corpo era caldo, all'esterno mi accarezzava un vento fresco.

La prima volta fu inebriante, come una droga.

Era questo che mi faceva amare la città.

Camminavo da sola per ore. Solo per scaldarmi. Senza guardare né ascoltare niente, solo per il gusto di camminare.

Di sera il buio si faceva un po' più fitto e le luci dei negozi lungo la strada acquistavano maggiore intensità, mentre un'aria fresca si insinuava nelle narici. Tutto appariva vagamente malinconico, e caldo.

La sera mi invadeva con dolcezza, come un bel sogno.

La città sembra non risentire dei cambi di stagione, ma a ben guardare si possono cogliere tanti piccoli segnali.

Il tempo delle foglie morte era ormai passato, le stelle si vedevano più chiaramente, il fiato era bianco e di tanto in tanto capitava di sentire l'odore di fumo dei bracieri... Era il periodo in cui si comincia a riflettere sull'anno che sta per finire. A ognuno di noi è concesso un numero limitato di inverni, e un altro era arrivato.

Ci pensavo ogni giorno osservando le finestre illuminate.

Mi bastava questo per essere felice... O forse non era proprio felicità, somigliava piuttosto a una sensazione di freddo alle spalle, come se fossimo sul punto di scomparire, mentre un calore interiore ci ricorda che la vita brucia ancora dentro di noi.

E così mi ero abituata alla vita in città.

Appena arrivata pensavo che non sarebbe mai accaduto, e invece mi ero ambientata perfettamente.

Forse non sarei più riuscita a tornare indietro. Rispetto alla montagna la vita era più sicura, più facile.

Non dovevo preoccuparmi di scolopendre e sanguisughe, e anche se l'aria era inquinata non sarei morta. Riuscivo a distinguere anche qualche stella.

E quando, come un cane a passeggio, ispezionavo ogni angolo di quella trama elaborata che era la mia personale mappa della città, mi sembrava quasi di camminare in montagna.

Inoltre avevo un compito da portare a termine. Ed era la cosa più bella di tutte.

Durante l'assenza di Kaede dal Giappone, non ritenevo che la mia presenza lì fosse indispensabile.

Mi sembrava di essere inutile e sono arrivata persino a chiedermi se per loro non fossi un peso: non lo avrei sopportato. Tenevo in ordine la casa e i documenti, ma non aveva senso.

Mi trovavo lì senza poter contribuire agli impegni quotidiani di Kaede. Se si trattava di sistemare scartoffie, trasmettere messaggi e controllare le prenotazioni, qualsiasi studente universitario dotato di un pizzico di buon senso avrebbe potuto farlo come lavoretto part-time.

Stavo con Shin'chirō ma vivevamo separati, e la casa, a differenza di quando vivevo in montagna, non necessitava di qualcuno che facesse la guardia né di manutenzione.

Quando ritornò, il tempo ricominciò a scorrere come prima, ripresi a sentirmi viva, al centro di un flusso continuo, e mi ricordai dei motivi per cui ero lì. Lo sentivo nella pelle, negli occhi, nelle orecchie. Avevo capito perché esistevo, perché ero in quel luogo.

Quando ci si sente inutili, le voci dentro di noi si fanno più assordanti. Dopo mesi trascorsi ad ascoltare quei continui brontolii, riuscivo finalmente a comprendere che ero viva, e che facevo parte di un tempo ben preciso.

Quando ripensavo alla vita in montagna, mi tornavano in mente solo l'aria rarefatta e il verde rigoglioso. Della mia casa pulita e asciutta ricordavo solo che ci avevo vissuto insieme alla nonna. Le immagini si facevano via via più sbiadite, i contorni più sfumati. Non riuscivo più a richiamare alla mente tutti i dettagli.

Ma quella pienezza, quel rigoglìo – fatto anche di elementi inaccessibili alla vista –, si trovavano soltanto lì, e qualche volta ne avevo nostalgia. Ma non era più doloroso: quei giorni mi restavano impressi come i fotogrammi di un bellissimo film.

Le stelle, l'aria, l'erba, gli alberi, gli spiriti erano tutti lì, ammassati, spingevano forte gli uni contro gli altri... Era sufficiente respirare per incamerare energia, aprire gli occhi per essere colpiti dallo sfavillìo della vita: si trattava di sensazioni incontenibili, che solo la montagna poteva dare.

Le rare occasioni in cui si percepisce qualcosa di simile sono momenti preziosi, come quando si assapora il dolce succo di un frutto appena spremuto.

Chi ero io?... Anche se trattenevo il respiro, anche se i miei contorni erano netti e marcati, fino a quando non avessi fatto chiarezza sul mio modo di essere non sarei potuta restare lassù: questa era la mia preoccupazione.

Mi vedevo viva, parte di qualcosa, la piccola porzione di un mondo in movimento, in azione.

In città si può vivere anche senza stare continuamente all'erta, cosa gradita, soprattutto quando ci si sente fragili.

E io, che venivo da fuori, qualche volta vedevo le "persone" della società moderna come fossero gli abitanti di uno strano sogno.

Il desiderio di tornare indietro non mi aveva mai sfiorato. Tutti mi sembravano navigare a vista nel tentativo di cambiare almeno un poco i meccanismi che regolavano il lavoro e le poche pause che esso concedeva, ciascuno a suo modo, dividendosi i compiti. Mi piaceva.

Era in montagna, però, che ci si ritrovava costretti a pensare continuamente alla durata della vita. Qualsiasi cosa vedessi o sentissi, fosse anche un insetto annegato nel lavatoio, era sempre in rapporto con la vita, con la sua brevità. Da quelle parti era sempre intensa, la vita. A volte veniva strappata via con forza, altre si allungava per una qualche grazia inattesa. Era tutto normale, e se da un lato ero consapevole che finché fossi rimasta lì non sarei riuscita a capire quanto valessi, dall'altro l'idea di morire non mi rendeva poi così triste. Un giorno mi sarei fusa con tutto il resto: riuscivo a vederla in quest'ottica.

La città è piena di persone, e le vite di ciascuno mi sembrano fili di lunghezza diversa. In un mondo illusorio e privo di contraddizioni tutto procederebbe senza intoppi. Ma sarebbe come un castello instabile, costruito nel segno del delirio, distogliendo lo sguardo da ciò che non vogliamo vedere, pronto a crollare da un momento all'altro.

Da bambini ci costringono a diventare grandi quando non siamo ancora pronti, poi basta un niente e ci aggrappiamo disperati al tempo perduto dell'infanzia, trascorriamo l'età adulta immersi nel senso di colpa e, voltandoci troppo spesso dall'altra parte, ci avviamo alla morte... Forse esageravo, ma era questa la mia impressione.

Vivono tutti sbilanciati, con le lancette dell'orologio spostate in avanti di cinque minuti.

Se fossero uno o dieci anni avrebbe senso. Ma cinque minuti servono solo a procurare ansia. Tutti si affrettano, sciupano energie. Perché sono convinti che sia semplice ricaricare le batterie.

In questo modo cediamo al tempo e alle circostanze il dominio della nostra vita... È uno strano mondo.

Pur sapendo che non mi sarei lasciata coinvolgere, ero spaventata all'idea che prima o poi anch'io sarei potuta diventare così. Per questo credo che siano necessarie persone che fanno lavori come quello di Kaede, persone in grado di farci aprire gli occhi.

Se ciascuno di noi ritornasse alla propria essenza originaria, saremmo in grado di sprigionare una forza quasi spaventosa. Ma la probabilità di andarsene nella tomba senza neanche saperlo è molto alta. La gente pensa che vada bene così. E forse è vero.

Non so per mano di chi e perché siamo stati infilati in questa gabbia, ma la serratura è sempre aperta, la porta spalancata.

Siamo noi, e nessun altro, a scegliere di non uscire.

E se lasciamo che passi troppo tempo prima di deciderci, diventa tutto estremamente complicato.

Per evitarlo, mi ero sempre tenuta in movimento; quando sentivo che stavo per cedere alla sfiducia mi dedicavo con tutta me stessa a essiccare e tostare erbe medicinali: non avevo grossi pesi nel cuore, ma riuscivo a immaginarmi come dovesse essere. Sapevo quali strade mi avrebbero portato dritta dritta a una fine del genere. In particolare, nel periodo in cui mi ero fissata con la televisione, per qualche istante ero riuscita a dare una sbirciata a quel mondo e mi erano venuti i brividi.

Avevo visto mille volte mia nonna far tornare le persone in sé grazie al potere delle sue tisane. Se ci si ingegna, se si usano la testa e il corpo al meglio, ce la si può cavare più o meno in ogni situazione, ma la gente vive come sotto ipnosi, non se ne rende conto.

Avevo visto mille volte Kaede far capire alle persone chi fossero veramente grazie alle sue previsioni.

Restavo incantata a guardare quelle scene, ma sapevo che la sorgente da cui sgorgava la forza apparteneva alle singole persone, viveva dentro di loro.

Amavo quel lavoro, mi faceva venire la pelle d'oca, perché mi dava modo di assistere gratuitamente e in continuazione a veri miracoli. In quei momenti, era come se per magia una confusione di elementi astratti assumesse una forma visibile proprio davanti ai miei occhi.

Qualsiasi cosa vedessi o sentissi me ne restavo in silenzio, ma notavo la differenza tra l'espressione sul volto dei clienti al loro arrivo e quando se ne andavano, e ogni volta che distinguevo quella luce particolare, mi dicevo che probabilmente sarei stata in grado anch'io di sprigionare una forza simile.

A inverno inoltrato, finalmente trovammo un appartamento.
Aveva due camere, un soggiorno e una cucina abitabile, così che ognuno di noi potesse avere una stanza tutta sua, per quanto piccola. Si trovava al primo piano di un vecchio condominio e aveva i soffitti alti. Shin'chirō e io l'avevamo scelto perché dava l'idea di un posto in cui ci saremmo sentiti a nostro agio.
Ma non riuscivo a immaginare la nostra vita insieme.
Non ero emozionata, al contrario, tutto era avvolto da una coltre di inquietudine. Non capivo perché, ma il pensiero di vivere insieme mi sembrava più opprimente del matrimonio.
Considerando quanto mi stesse risultando difficile, probabilmente non sarei mai riuscita a sposarmi. Questo pensiero mi deprimeva, mi faceva vedere il futuro a tinte fosche, mi procurava un senso di incongruenza. Ma cercavo in ogni modo di convincere me stessa del contrario.
Finalmente avrei avuto la famiglia che desideravo da tanto: non dovevo lamentarmi, erano solo capricci. Non dovevo neanche pensare che sarei stata meglio da sola.
Ma quando si pensano certe cose significa che andrà a finire male...
Mi ero autoipnotizzata.
Il tempo passa e tutto cambia, eccezion fatta per le fondamenta su cui poggia la nostra esistenza. Osservando i clienti, avevo imparato che anche i desideri cambiano, ma quando si trattava di me faticavo a notarlo.
Avevo così tanta paura che non riuscii neanche a consultarmi con Kaede. Mi aveva detto non so quante volte, tra il serio e il faceto: "È un nuovo inizio, vuoi chiedermi qualcosa? Sul trasloco, sul vostro futuro di coppia, per esempio. E se ti

trasferisci in uno strano posto e va di nuovo tutto a fuoco? E se vedi qualche fantasma?", ma io mi limitavo a sorridere e scappavo via.

Decisi di pensare che se fossimo andati a vivere insieme mi sarebbero successe tante cose belle, e tutto sarebbe andato a posto, in un modo o nell'altro.

Non conoscevo gli aspetti positivi dell'avere una casa, di far parte di uno stato di famiglia o del vivere quotidianamente con qualcuno a cui non ero legata dal lavoro, per questo non potevo desiderarlo ardentemente.

Avrei dovuto capirlo subito.

Non ci si può sforzare di desiderare qualcosa ardentemente.

Una sera, quando avevamo già firmato il contratto con l'agenzia immobiliare, ci trovavamo in un ristorantino del quartiere, e dissi a Shin'chirō:

"Potrai coltivare i tuoi cactus anche qui che non c'è il clima temperato di Izu?".

"Su larga scala è impossibile, ma se le piante non sono molte non cambia granché," rispose con un'espressione seria.

"Ma stiamo andando davvero a vivere insieme? Non riesco a immaginare come sarà."

"Mah, finché non si comincia non lo si può sapere, non ti pare? In fondo non staremo insieme tutto il tempo, ci vedremo giusto la sera: non credo che le cose saranno molto diverse da come sono ora."

Era sempre concreto, pragmatico, estremamente equilibrato, ciononostante, anche il suo viso non esprimeva una grande emozione.

"Non ci farebbe male un pizzico di entusiasmo in più," dissi.

"Penso che sia normale. Una volta che si è compiuto questo passo si è molto meno eccitati di quanto ci si aspetterebbe."

Più tirava fuori argomenti validi, più mi veniva voglia di dirgli che era tutto sbagliato, che si trattava di qualcosa di più astratto, che era un problema di visione, che era proprio una grande visione a mancare alla nostra vita insieme. Non riuscivo a scorgervi quella luce che fa risaltare ogni particella d'aria.

Ricordo che in quel momento dissi a me stessa che, anche se volevo bene a Shin'chirō, forse non desideravo affatto andare a vivere insieme a lui.

Persa in questi pensieri, masticai il riso così forte da sentire uno strano sapore dolciastro. Avevo capito. Ma ormai non potevo dirlo: era troppo tardi.

La realtà si era già messa in moto.

La vita da ospite a casa di Kaede era così divertente, così facile, che mi sentivo a mio agio – mi sembrava di stare dai miei genitori – e non avevo affatto voglia di andarmene. Mi chiedevo se fosse come vivere in famiglia, con la mamma e il papà.

Ma avevo solo sostituito la nonna con Kaede, sentivo di non aver fatto alcun progresso e questo era frustrante, così come il pensiero che la mia vita fosse condizionata da Kaede in tutto e per tutto. Il lavoro e la sfera privata coincidevano, per lui ero una governante, una segretaria e un'amica. Mi occupavo persino del signor Kataoka.

A me poteva anche star bene, ma sapevo che, per quanto cercassi di evitarlo, l'animo tranquillo di Kaede percepiva tutti i miei movimenti in giro per casa, da mattina a sera.

Il gioco è bello quando dura poco.

Ho avuto troppo fretta, pensavo solo: "Devo andarmene da qualche altra parte".

Dovevo fare qualcosa di diverso, questo significa diventare adulti... O almeno lo pensavo, e non so se fosse del tutto logico. Mi ero lasciata contaminare dalla società, l'istinto iniziava a vacillare. Forse era così.

Quando sono costretta ad assecondare ciò che non mi aggrada, di solito tendo a diventare più loquace, mi agito, sento formarsi come un piccolo e pesante grumo in fondo allo stomaco.

Poco alla volta aumenta di volume e quando poi esplode, riportandomi alla realtà, riesco a pensare soltanto: "Lo sapevo".

Io mi trasferii per prima, quindi iniziai a portare via le mie cose dall'appartamento di Kaede.

Guardai la stanza ormai vuota e mi sembrò triste.

Il cactus che Shin'chirō aveva travasato per me era diventato un po' più grande; tenevo il vaso tra le mani perché avevo deciso che quello lo avrei trasportato io stessa. Uscii dalla stanza, ma era come se fosse il cactus a trascinare me. Siamo entrati in momenti diversi e usciamo insieme, gli dicevo.

Kaede mi accompagnò alla porta. Stava appoggiato a una parete dell'ingresso, con il suo sguardo miope.

"Ci vediamo la prossima settimana."

"Sì, alla prossima settimana."

Ci scambiammo queste parole, ma anche qualcos'altro. La sensazione che il tempo passasse troppo in fretta.

Ed era più chiaro così che se ce lo fossimo detto a voce. Era sicuro, forte, lo si sarebbe potuto toccare.

Poi un pensiero mi attraversò la mente.

Non avrei vissuto mai più in quella casa. Mai più.

Forse qualche volta mi sarei fermata a dormire, ci sarei andata tutti i giorni a lavorare, ma non ci avrei più abitato. Come poteva un momento così assurdo presentarsi in modo tanto banale?

Ma in fondo preferivo che fosse così. Preferivo andarmene come tutte le altre volte.

Kaede e Kataoka videro Shin'chirō che era venuto a prendermi in auto e si misero a confabulare, quindi mi imbarazzai, infilai dentro tutte le mie cose e scappai. Kaede non ci vedeva bene, eppure se ne stava lì a spettegolare e sogghignare con Kataoka: che insolente!

Eppure...
Sapevo che sarebbe durata poco, ma mi piaceva vivere con Kaede.
Era il piacere di uscire dalla quotidianità, mi sentivo come una scolaretta delle elementari che va a trascorrere le vacanze estive da un cugino. Chiacchieravamo fino a notte fonda, magari arrivava Kataoka e, chissà come, ci ritrovavamo a giocare a Uno!, oppure, nei periodi più concitati, facevamo gli straordinari e ci appisolavamo nel salone. Certo, mi sembrava così bello perché sapevo che le cose sarebbero presto cambiate.
Un pomeriggio, per esempio, a conclusione di una giornata campale stavamo prendendo un tè insieme quando, dopo qualche minuto di silenzio, Kaede si addormentò sul divano. Gli misi addosso una coperta e ripresi a bere seduta su un cuscino sul pavimento, ma... La stanchezza era tale che in men che non si dica mi addormentai anch'io.
Riaprii gli occhi all'improvviso e vidi la trama del tappeto del salone. Sollevai lo sguardo e c'era Kaede che dormiva sul divano. Eh? Dove sono? Che ore sono? Dal soffitto una luce abbagliante illuminava il sonno mio e di Kaede.
Fuori era ormai buio, segno che era calata la sera.
Che bello, è come essere in famiglia, pensai, guardando il volto addormentato di Kaede.
Kaede è un tesoro, è il mio tesoro. Questo pensai.
E la cosa straordinaria era che non mi dava fastidio se qualcun altro considerava Kaede un tesoro... Kataoka, per esempio. Anzi, ero contenta.
Mi stiracchiai – ero un po' più riposata, adesso – e lentamente mi alzai per andare a preparare la cena. Un risveglio

inatteso, una pioggia improvvisa, un tempo tranquillo e intenso.

Perché le persone non possono sentirsi sempre così?

Ma il mio caso è particolare, perché in ogni situazione mi sembra di vivere come se fossi in campeggio.

Il punto è che quando una situazione ha una durata limitata, ci si può aspettare tante belle cose.

Una volta stabilita la data del trasloco, iniziai a provare gratitudine verso quella casa nella quale, per un certo periodo, avevo anche abitato da sola; feci le pulizie (sono negata per le pulizie, ma è meglio di niente), cercai di rispettare gli spazi di Kaede, decisi che quei giorni sarebbero stati piacevoli e silenziosi, come durante una meditazione.

E così, gli aspetti più insignificanti della vita di ogni giorno iniziarono ad apparirmi preziosi e l'atto stesso di respirare si riempì di significato.

Al suo ritorno, per qualche tempo Kaede volle mangiare solo giapponese. Era naturale, in fondo, e così ogni giorno mi recavo di buon grado a fare la spesa e gli preparavo normali piatti giapponesi. Se avessimo avuto la sensazione di poter continuare così all'infinito, Kaede non si sarebbe preoccupato di dirmi tutti i giorni che ciò che gli preparavo era buono, mentre io, da parte mia, mi sarei permessa di protestare nel caso in cui avessi avuto voglia di mangiare piatti occidentali.

...O forse no. Kaede attribuisce al tempo un valore diverso rispetto alle persone comuni, e non considera gli eventi collegati gli uni agli altri. Non era tipo da mangiare anche quando non aveva fame, e si saziava con poco. Il solo alimento che non gli piaceva era il cetriolo di mare, ma è raro che lo si cucini a casa, quindi questo non era un problema. Il tempo di Kaede era tridimensionale, sembrava sempre instabile e fugace.

Ecco perché quando mangiava dava l'impressione di farlo per la prima volta in vita sua. Era sempre come se si fosse appena risvegliato da un lungo sogno.

Se diceva che qualcosa era delizioso, significava che lo era per davvero, e se diceva "addio"... Per fortuna quella parola non gliel'avevo ancora mai sentita pronunciare, ma se l'avesse fatto sarebbe stato davvero un addio.

Sembrava che si accontentasse di essere un sensitivo di quartiere, ma in realtà coltivava la sua forza con dedizione e senza che nessuno, neanche io e Kataoka, lo sapesse. Era come una lama pronta a tagliare non appena la si sfiorasse. Un maestro di spada avrebbe capito all'istante che viveva ogni giorno senza risparmiarsi.

Tuttavia, nei momenti di tranquillità e silenzio, agli occhi degli altri appariva come in stato di grazia.

Una sera, per esempio, non mi ricordo quando, dopo che l'ultimo cliente era andato via... Era la fine di una lunga giornata di lavoro.

L'estate volgeva al termine, le piante erano tutte fiorite e l'aria era densa del colore delle foglie nuove e dell'odore fresco, tipico della stagione.

Nello studio di Kaede, le grandi tende alle finestre erano costantemente aperte, vuoi per rasserenare gli animi dei clienti, vuoi per permettergli di vedere un po' meglio. Quelli che entravano convinti che la stanza di un sensitivo dovesse essere per forza buia avevano sempre un attimo di smarrimento. A mezzogiorno, d'estate, l'ambiente era particolarmente luminoso. C'era così tanto verde da non riuscire a vedere i rami degli alberi, si mostrava da ogni lato, quasi a voler avvolgere la finestra. La luce filtrava tra le infinite gradazioni di verde, il vento le muoveva. Come un'onda che avanza.

Stavo portando il tè a Kaede, quando per un istante fui catturata da quella scena e mi domandai come doveva riflettersi, nel suo mondo, tutto quel verde. Come un'energia vorticosa forse? Oppure come una macchia verde dai contorni sfumati?

Se fossi stata da sola avrei potuto vivere a modo mio, ma Kaede era una persona che amava fare le cose a tempo debito.

Per questo, al termine di ogni giornata di lavoro, gli preparavo un tè che fosse in grado di farlo rilassare e di suscitare in lui emozioni positive. Lui lo beveva in una tazza bianca di Ginori, io in una tipo mug che avevo comprato lì nei dintorni, con l'immagine di un maialino. Quella differenza di gusto era la prova che non ci saremmo mai potuti innamorare l'uno dell'altra. Anche se qualche volta assumeva un tono minaccioso e duro, restava sempre un signorino di buona famiglia, e soprattutto era un gay terribilmente schizzinoso. Non sarebbe mai cambiato.

Ciononostante, non c'era nessuno a cui Kaede non piacesse, fatta eccezione per coloro che si sentivano trascurati da lui o che provavano invidia per le sue capacità. Invece era facile volergli bene.

Teneva la tazza con una presa sicura.

Era come un samurai con la sua spada. Aveva la schiena dritta. E sorseggiando il tè volgeva gli occhi in direzione della finestra.

A volte mi veniva voglia di domandargli cosa vedesse.

Ma probabilmente nemmeno lui sarebbe riuscito a spiegarmelo.

Quel giorno, aprì la finestra per far circolare l'aria nella stanza. C'era ancora luce, il vento si riversò all'interno, mi sfiorò il naso. Aveva un buon odore, si era fatto largo tra gli alberi. Tutt'a un tratto il rumore delle auto in strada e il canto degli uccelli di ritorno al nido si fecero più vicini.

"Ti sei divertito anche oggi?" domandai.

"Perché mi chiedi una cosa del genere?" rise lui. Aveva il viso allegro, quindi non mi serviva più una risposta.

Disse: "Con questo vento mi sembra sempre di essere in viaggio, anche se non vado da nessuna parte. Davanti ai miei occhi si materializzano così tanti ricordi che finisco per dimenticare che in realtà non ci vedo. Quando sono andato a Roma, davanti ai miei occhi la luce dei lampioni era un bagliore diffuso, sembrava un sogno, e mi ricordo ancora la sensazione del lastricato nella strada affollata dopo l'aperitivo".

È vero, basta una finestra, un soffio di vento, a far entrare infinite informazioni...

Tutt'a un tratto mi ricordai di quella sensazione che la vita di città mi aveva fatto dimenticare.

Basta chiamarle e tornano, le sensazioni.

Come il canto di un uccello che vola alto nel cielo, quella sensazione di essere parte di un mondo molto più grande... Seduta sul tappeto, volsi lo sguardo verso Kaede e sorrisi.

Era per gustare momenti come quello che me ne stavo a osservare i suoi giorni.

E fu uno di quei giorni che ricevetti un pacchetto da parte di mia nonna, che si trovava a Malta.

Capitava spesso che mi mandasse delle olive o dei fiori di cactus essiccati. Stavolta c'era anche una marmellata di cactus fatta in casa. Era incredibilmente dolce ma squisita.

Al centro del pacco c'era una piccola scatola.

La aprii e trovai un serpente di giada bianca. Non avevo mai visto nulla di simile, in un angolino era nero e scheggiato.

C'era anche un biglietto.

"Sei andata a Taiwan?
O forse hai intenzione di andarci?
Non so perché, ma ti ho visualizzato più e più volte a Taipei. E avevi sempre un'espressione leggermente preoccupata.

Quindi ti invio, oltre ad alcuni oggetti tipici di Malta, questo serpente di giada che ho ricevuto da un uomo a cui ho voluto bene.
Era di Taiwan. Faceva un lavoro un po' pericoloso, sai? Non posso dirti più di tanto, però.
Qualche giorno fa, mentre riordinavo il mio portagioie, è spuntato questo serpentello e mi è sembrato che dicesse di voler venire da te, Shizukuishi. È scheggiato, ma non penso che ti porterà male se lo indossi. E se si dovesse rompere mi raccomando: fallo aggiustare.
Tua nonna."

Perché? mi domandai... E intanto infilai un laccio di cuoio nel gancio che il serpente aveva all'altezza della coda e me lo misi al collo.
Da Taiwan al Giappone, dal Giappone a Malta. Dalla nonna a me. Da tante altre persone prima di noi, dalla terra... Quel serpente aveva percorso così tanta strada prima di arrivare a me. Decisi che ne avrei avuto cura, e se si fosse rotto lo avrei fatto riparare.
Era la prima volta che la nonna mi regalava qualcosa da indossare, quindi ero un po' emozionata.
I misteri in cui era avvolta mia nonna erano sempre così eccitanti.

Tutto ciò che accade è annunciato da un qualche segno.
Credo che il pacchetto della nonna fosse uno di quei presagi. Non amo fare confronti, e il motivo è che, quando si tratta di tisane, così come per tutte le cose, c'è sempre un elemento eccellente, ma se cerco di basare il mio lavoro solo su quello, puntualmente sbaglio. Se l'ambizione prevale sull'equilibrio, il risultato sarà fallimentare.
Ciò che è cresciuto alla luce del sole potrà avere dei difetti, mentre i prodotti cresciuti in un terreno poco fertile

talvolta si rivelano buoni perché con tenacia sono riusciti ad assorbire quel poco di sostanze nutritive che esso offriva.

Non intendo dire che ogni erbaccia curi qualcosa in particolare, ma la nonna era capace di selezionarle in base al luogo in cui erano cresciute, come una sorta di magia: "Per l'allergia ci vuole qualcosa che abbiamo coltivato qui, mentre per i fibromi uterini quell'erba che cresce su un lato del campo là dietro".

Essendo vissuta in un mondo come quello, per me i paragoni non hanno alcun senso.

Malgrado ciò, ho finito per fare confronti.

Ho finito per lasciare che fosse il mio corpo a scegliere con cosa identificarmi, senza tenere conto della posizione e delle circostanze.

Avrei voluto restare nell'incertezza e godere di entrambi i miei mondi, ma a un certo punto ho dovuto scegliere. Ero certa che facessero entrambi parte di me, eppure uno dei due ha iniziato a pesarmi più dell'altro, e non c'è stato nulla da fare.

Subodorai l'enorme differenza che quelle due storie così simili nascondevano, e scoprii qualcosa di nuovo su me stessa.

Capii cos'era a sostenermi e cosa no. Non c'era giusto né sbagliato. Si trattava di corrispondenze. Proprio come le api, che senza fare alcun calcolo sono capaci di costruire quegli alveari geometricamente perfetti, capii che rispondevo a una regola inderogabile.

Capii che tutto il mio essere dipendeva da quella regola. Si sarebbe potuto dire, senza timore di sbagliare, che quello era il motivo per cui ero venuta al mondo. Era il principio su cui si fondava la mia anima, così chiaro che non me ne sarei mai liberata, nemmeno se avessi provato a mentire a me stessa.

Era una promessa enorme, fatta a non so chi.

Quando la intravidi fra le piante del giardino, capii che la sua storia sarebbe stata il preludio a qualcosa che mi avrebbe riguardato da vicino.

Inizialmente pensai soltanto che era una donna dal volto particolare. Aveva grandi occhi e labbra carnose, uniti in un curioso equilibrio. Mi ricordava il viso di un bambino.

Ma mentre eravamo lì, sulla porta, ebbi l'impressione di averla già vista da qualche parte.

Anche lei sembrava perplessa.

"Ma... Per caso?..." balbettai.

Quasi simultaneamente, lei disse: "Ecco! La nipote della guaritrice della montagna!".

Me ne ricordai anch'io. Era una donna che non pareva praticare sport abitualmente, ma la vedemmo inerpicarsi sulla montagna in una tuta troppo grande per lei, con il nonno malato che l'aiutava spingendola per il sedere: mi era rimasta impressa per quello.

"Senta... Il signore?..."

Pensavo che mi desse qualche brutta notizia. Era passato tanto tempo, e quell'anziano era stato appena operato per un tumore: le sue condizioni erano piuttosto critiche.

Però mi ricordavo anche di aver sentito la nonna borbottare: "Non avrei mai detto che quel Fukuyama avrebbe vissuto ancora così a lungo...". Non avevo motivo di credere che la nonna si fosse sbagliata, per questo riuscii a chiederle di lui senza preoccuparmi troppo.

Con aria indifferente, si affrettò a rispondermi: "Sa, a dire il vero mio nonno è guarito. Non ci sono state neanche recidive. A quanto pare, il fatto stesso di essere riuscito ad arrampicarsi su quella montagna gli ha infuso fiducia, e lo ha convinto che si sarebbe dovuto ancora prendere cura di me. Inoltre la tisana si è rivelata davvero efficace... Quelle vostre tisane sono incredibili. Danno tanta energia, come se si fosse sempre in montagna".

Osservandola meglio, mi accorsi che era truccata in modo pesante e si vedeva l'incavo del seno, aveva dei bei polpacci sodi e appariva decisamente sexy.

Non solo non sembrava una frequentatrice abituale della montagna, ma dava l'impressione di non esserci mai andata prima di allora.

"Vi ho scritto per ringraziarvi e per darvi la notizia, ma la lettera è tornata al mittente."

"La nonna ha lasciato la montagna e ora vive a Malta," risposi. "Io, invece, adesso lavoro qui. Prego, entri."

"Oh, che coincidenza...!" ribatté sorridendo.

Aveva una voce melliflua e pupille strette come spicchi di luna, emanava una luce calda. Non l'avrei potuta definire bella, ma possedeva un corpo sensuale e un'aura ineffabile. Gli incisivi davanti erano leggermente distanti tra loro, elemento, questo, di ulteriore fascino. E malgrado l'aspetto vivace, sembrava una persona molto mite. Riuscivo a percepire perfettamente la serenità in cui era immerso il suo mondo interiore.

"Se ha tempo, più tardi mi piacerebbe prendere un tè con lei," disse.

"Certamente. Sa, lei, oggi... Signora Fukuyama, lei è l'ultima cliente della giornata, quindi se mi vuole aspettare per qualche minuto potrò raggiungerla senza problemi."

Eh? A pensarci bene, quando veniva dalla nonna la signora Fukuyama era sposata, e le sue prenotazioni figuravano sotto un altro cognome: che avesse divorziato?

Mi sorpresi della mia professionalità e di come riuscissi a ricostruire dati archiviati tanto tempo prima.

"Ottimo."

Quindi le feci strada nello studio di Kaede.

"Wow, Atsuko! Da quanto tempo," esclamò lui tutto sorridente. Non capitava quasi mai che Kaede chiamasse qualcuno per nome con un tono tanto gentile e affettuoso.

Inoltre lui era sempre scostante quando si trovava di fronte a una persona dall'aspetto sensuale, ma la reazione che ebbe quando la vide andava ben oltre la confidenza. L'accolse così calorosamente che per poco non l'abbracciò. In ogni caso, non sarebbe stato l'abbraccio tra un uomo e una donna, ma quello fra due amici che si stringono dandosi pacche sulle spalle.

Quando portai loro da bere fui colta da sorpresa mista a una sottile gelosia, ma quella sensazione svanì nel momento in cui li vidi ridere così di gusto.

Avrei voluto sentire gelosia, ma con mio grande stupore non ci riuscii. Ci provai senza successo. Non capivo come fosse possibile. Era strano, perché Atsuko neanche mi piaceva in modo particolare.

Lo spazio era semplicemente dominato da un'atmosfera rilassata, distesa, naturale. Lei rendeva tutto normale. Era questa la sua caratteristica fondamentale.

Atsuko parlò con Kaede per circa un'ora e poi uscì sorridendo.

"L'aspetto al *kissaten* di fronte alla stazione. Vorrei passare prima in libreria, quindi facciamo tra mezz'ora circa."

Così dicendo, uscì di casa con aria trionfale. Forse aveva avuto una predizione favorevole.

Kaede, dopo aver ricevuto Atsuko, era come immerso nella musica. La sua espressione tranquilla rivelava il senso di soddisfazione derivato dalla consapevolezza di aver svolto bene il proprio lavoro e la felicità e il sollievo per aver incontrato una persona a cui era affezionato.

Era come un pianista alla fine di un meraviglioso concerto... Non che ne abbia mai incontrato uno personalmente, ma... Mi appariva così. Era pieno di vitalità, di un'energia che era stata lei a trasmettergli.

Perché? e soprattutto, ancora una volta: com'era possibile che tutto questo non suscitasse in me neanche un briciolo di gelosia?

Mi faceva piacere, punto. Se Kaede era felice, allora lo ero anch'io. Non era né una bugia né una forma di orgoglio, ero semplicemente felice. Era una sensazione di benessere che mi pervadeva poco alla volta per poi diffondersi in ogni direzione. Se Kaede era contento io ero felice: era questo il mio unico pensiero.

Sapevo bene che era dovuto a quell'unica donna, non alla sua espressione o sensualità, ma all'energia che si portava dietro, a quel qualcosa di allegro, autentico e generoso che ricordava la campagna in primavera. Sapevo che Kaede aveva appena vissuto un momento di grazia.

Riordinai e decisi di portarmi i documenti a casa.

Mi avevano detto che Kataoka avrebbe provveduto alla cena e quindi non era neanche necessario che la preparassi io.

Uscii a passo svelto da casa di Kaede.

Al cancello mi imbattei in Kataoka, che era appena arrivato.

"Arrivederci a domani," gli dissi.

"Se n'è andata quella?" ribatté lui.

"Si riferisce alla signora Fukuyama? È già andata via. Ma perché ne parla con quel tono burbero?"

"Scusa, ogni volta che viene lei, Kaede è tutto felice. Mi dà ai nervi."

"Si tratta di una vecchia amica?"

"No, una volta era la sua fidanzata."

"Eh?"

Rimasi veramente di stucco e con un'espressione sorpresa. Per fortuna era buio, e lui quasi non se ne accorse.

Ma, a pensarci bene, era plausibile. Anche Kaede aveva avuto la sua storia... Me ne convinsi.

Si fa presto a convincersi di qualcosa.

Kataoka soggiunse: "Erano ancora alle elementari, quindi puoi stare tranquilla".

"A preoccuparmi è piuttosto il fatto che lei me ne stia parlando, signor Kataoka," dissi ridendo. Alzò una mano in segno di saluto ed entrò in casa.

E così... La sua fidanzata...

Ero certa che Kaede avesse vissuto un'infanzia felice. La sua aria da persona ben educata mi faceva pensare che la ricordasse con nostalgia. La madre e la nonna c'erano ancora e lui doveva essere così carino che con ogni probabilità lo viziavano più di chiunque altro.

E al mondo c'era pure lei, che allora era una bambina... Non sapevo perché, ma non mi trasmetteva sensazioni negative, anzi, all'improvviso mi piaceva molto, e mi sembrava di volere sempre più bene anche a Kaede.

Sentii che non avrebbe tradito le grandi aspettative che avevo riposto in lui, che non mi avrebbe deluso.

Al secondo piano dell'edificio di fronte alla stazione c'è un *kissaten* le cui finestre danno sulla strada. Fanno un caffè amaro ma delizioso. Le mattine in cui ero più assonnata mi fermavo a berlo prima di recarmi al lavoro.

Il gusto amaro di quel caffè bollente mi svegliava poco alla volta, ed era una sensazione alla quale non avrei rinunciato per nulla al mondo. Di solito a casa facevo colazione con dello yogurt artigianale, quindi non mi irritava lo stomaco. La vista della fiumana di pendolari che uscivano tutti insieme dalla stazione era come un film, non mi stancava mai. Durava non più di quindici minuti, ma ogni volta era come se fossi stata lì per un'ora intera.

Anche questa è una delle gioie della vita in città. E di livello piuttosto alto. Probabilmente nel mio codice genetico persistevano tracce dei tempi in cui al mattino andavo a prendere l'acqua e a cogliere la frutta e le verdure per la colazione.

Era da molto che non ci andavo nel tardo pomeriggio, e dalla strada individuai subito Atsuko, seduta vicino alla finestra. Quando mi vide, mi salutò con la mano.

In cima a un'angusta scala si apriva un ambiente in penombra, presago della sera che sarebbe calata di lì a poco, mentre le grandi finestre si affacciavano sul caos della stazione. La luce di una lampada rischiarava la figura di Atsuko, serena e immobile come un vecchio dipinto.

Per un attimo, cercai di immaginare. Se fossi stato il suo amante, mi avrebbe fatto certamente piacere trovarla lì, la schiena dritta e la scollatura in vista, sorridente in mia – solo mia – attesa.

"L'ho fatta aspettare, le chiedo scusa," dissi. "Ho comprato molti libri e mi sono messa a leggere: il tempo è volato." Atsuko rise. Quando rideva le si formava una ruga alle estremità degli occhi.

"Come va?"

Ordinai il caffè e mi misi a sedere.

La stazione, nel tardo pomeriggio, era ancora più commovente. Sapevo che non tutte quelle persone che si affrettavano a rientrare avrebbero trovato delle belle case ad accoglierle, ma era commovente lo stesso.

"Devo ringraziarti, ti sono debitrice. Grazie davvero, quella tisana è stata un toccasana per mio nonno, ha funzionato."

"Già."

"Quell'arrampicata in montagna è uno dei più bei ricordi che mi leghino a mio nonno. Ero convinta che quella fosse l'ultima volta, e la montagna e il verde intorno sembravano volersi imprimere con forza nei miei occhi."

"Ce l'avete fatta ad arrivare. Nonostante foste una strana coppia." Richiamai alla mente l'immagine di loro due insieme.

Il nonno la trascinava per mano incoraggiandola, lei barcollava dietro di lui fradicia di sudore.

Quando giunsero a destinazione erano a pezzi e per un

po' se ne stettero in silenzio nel soggiorno di casa nostra, praticamente sdraiati. Poi, però, si misero a ridere ripetendosi a vicenda: "Siamo arrivati!", "Hai visto? Siamo arrivati!". Non riuscivano a smettere di ridere e nonostante la sofferenza fisica sembravano molto divertiti: proprio come un nonno e una nipote usciti per una normale arrampicata.

Non riuscirono a smettere di ridere nemmeno una volta in piedi, e quando gli uscivano ormai le lacrime si piegarono in due e continuarono a ridere a crepapelle. Ma cosa siamo venuti a fare? dicevano, e intanto ridevano dandosi colpetti sulle spalle l'uno con l'altra.

La nonna e io li stavamo a guardare. Erano nel nostro soggiorno e si contorcevano per le risate.

Alla fine la nonna disse, anche lei ridendo: "È la prima volta che vedo un malato grave ridere così di gusto".

Non posso dimenticare la fiducia che ispirava quel signore, l'aria sincera della nipote. C'era qualcosa, in quei due, che rimandava alla forma più essenziale della felicità.

"È stata dura, ma mi è piaciuto. Il paesaggio era indimenticabile. Pensando che non ci sarebbe capitato mai più di passeggiare insieme in montagna, ho cercato di fissare ogni immagine nella memoria. Il verde mi penetrava negli occhi, le cime più lontane mi apparivano vicine."

Atsuko parlava sognante. Sbatteva le lunghe ciglia.

"Da quel momento in poi la mia vita è stata come un bel sogno. Come se fossi già morta e ricostruissi ogni giorno nei miei sogni il bel tempo ormai trascorso. Kaede mi sembra felice adesso. Ci sei tu ad aiutarlo, e inoltre ha trovato una stabilità con il suo compagno. Vedendolo mi sono sentita ancora più felice.

...Quell'arrampicata in montagna mi ha cambiato la vita. Non saprei spiegarne il motivo, ma da quel momento in poi molte cose sono cambiate drasticamente. E non è stato affatto un male. È stato meraviglioso.

Mi ricordo ancora di quando ci rotolavamo ridendo fino alle lacrime sul pavimento di casa tua e di tua nonna.

Il peso che sentivo dentro di me allora... Lo choc che avevo provato quando il mio caro nonno aveva dovuto subire quell'operazione così complessa smise d'un tratto di essere così dirompente, e capii che contava solo che fosse ancora vivo e che ridesse a crepapelle lì davanti ai miei occhi. In quel momento sei arrivata e in tutta naturalezza ci hai offerto una tazza di tè non troppo freddo, te lo ricordi?"

"Era fatto con *kumazasa* e *dokudami*, non è vero?"

"Non avrei mai pensato che un tè potesse essere così dolce, così buono, che potesse penetrare nel corpo così in profondità. E poi non riuscivo a capire come fosse possibile che una ragazza così carina lavorasse lì, nascosta tra le montagne."

"Ero tutto fuorché carina, puzzavo persino!" dissi ridendo. "Avrò avuto sì e no tre capi di abbigliamento."

"Rispetto a oggi avevi le sopracciglia più folte e un'aria più selvatica, ma eri bella proprio per quello," ribatté Atsuko. "All'epoca non conoscevi ancora Kaede?"

"No, infatti. L'ho conosciuto quando mi sono trasferita qui dalla montagna. Anche lei è mancata per qualche tempo, Atsuko?"

"Sì. In genere riesco a venire una volta l'anno, ma credo che sia passato un po' di tempo. L'ultima mia visita risale a... Quando sarà stato? Forse quando sono venuta e abbiamo parlato del divorzio."

"Ah."

Avevo ragione, ha divorziato, pensai.

"Sai, sono molto legata a mio nonno, quindi ero tutta presa da lui."

"Sì, era evidente che andavate molto d'accordo."

"Ero sempre così in pensiero per lui che mio marito alla fine mi ha lasciato. Dev'essere quella l'ultima volta che sono venuta. Non avrei mai immaginato che potessi venire a lavorare da Kaede."

"Neanch'io. È capitato tutto per caso."

"Ma non è per caso, evidentemente siamo tutti legati dal destino." Atsuko rise di gusto. "Ma scusa, è incredibile! Incontro una giovane in montagna e me la ritrovo che lavora a casa di un amico di infanzia!"

"Chissà, forse quello in cui lavoriamo è un mondo piccolo," risi anch'io.

"In ogni caso sono felice di averti ritrovato. Desideravo ringraziarti con tutto il cuore. Anche a me da allora ne sono capitate di tutti i colori, sai?... Ah, sì, per esempio il mio ex marito ha cominciato a frequentare mia cugina. Come se non fosse bastato tutto ciò che avevo passato."

Pur non conoscendo nel dettaglio la situazione, le dissi: "È veramente deplorevole quello che ha fatto: andarsene via proprio nel momento in cui la donna di cui ci si era innamorati è più fragile perché deve affrontare la malattia del nonno a cui è tanto affezionata".

"Neanch'io mi sono comportata bene però."

Atsuko sorrise mentre sorseggiava il suo tè al latte.

"Ero così presa da mio nonno che mi ero praticamente trasferita a casa dei miei. A pensarci adesso, dev'essere stato in quel periodo, complice la solitudine, che sono maturate le circostanze favorevoli al suo tradimento."

"Sarebbe bello se si potesse fare in modo di affrontare i problemi uno per volta, e non tutti insieme."

"Sì, sarebbe l'ideale."

La sua schiettezza mi affascinava.

"Quando mio nonno si è ammalato, non ho pensato più a niente.

Mio marito era comprensivo, e con mia cugina non si incontrava quasi mai. Le uniche occasioni in cui capitava erano le feste comandate.

Ma capitò proprio... Proprio nel periodo in cui la malattia del nonno si era stabilizzata e io avevo un po' più di respiro. Durante una riunione familiare notai che mia cugina portava un anello che mi sembrava di avere già visto da qualche parte, e in effetti faceva coppia con quello d'argento che portava sempre mio marito. In quel momento, però, non ci feci caso e pensai che fosse solo una coincidenza.

A un certo punto mi resi conto che lui era strano, e che anche lei, in quell'occasione, era stata strana. Il periodo peggiore fu da quando mi accorsi del cambiamento fino a quando la chiamai per chiederle spiegazioni. Il giorno in cui le parlai, dovetti poi tornare nella casa dove ancora abitavo con mio marito.

Per loro quello non doveva essere stato un periodo facile. Conducevamo la vita di sempre, ma l'atmosfera era stranamente tesa, come in un brutto sogno. Mi dissi non so più quante volte che avrei potuto fingere di non capire e lasciare le cose così com'erano. Se pure avessero capito che ero al corrente di tutto, non sarebbe cambiato nulla, mentre io avrei potuto continuare la mia vita anche se sapevo cosa stava succedendo. Ma probabilmente loro desideravano che lo capissi il prima possibile. Per questo si erano messi quegli anelli al dito."

Mentre Atsuko parlava, ebbi la sensazione che la ferita fosse ancora aperta. Nella sua postura, nel modo in cui appoggiava le mani sul tavolo, percepivo la timidezza di un'orfanella. E aveva l'odore tipico delle persone ferite. A ogni suo movimento, quella ferita ancora aperta emanava un sentore umido.

"È per quello che oggi si è rivolta a Kaede?" le domandai. "Ma se non vuole dirmelo, non me lo dica!"

"No, non è per quello. È una storia finita già da tempo." Rise. "Adesso vivo con una persona e, visto che deve allontanarsi per un po', sono venuta a chiedere a Kaede se posso stare tranquilla. È australiano, e poiché la madre si è ammalata deve tornare laggiù per qualche tempo. Andrò insieme a lui e resterò circa un mese, prolungando un po' le ferie invernali, ma poi dovrò rientrare. Per via del lavoro, in seguito potrò andarci solo raramente... Sai, sono succeduta a mio nonno nella gestione dell'azienda. E quindi ho un mucchio di cose da fare. Sono una donna presidente. E quindi volevo sapere se tra noi due andrà tutto bene.

Mi ha detto delle belle cose. Forse non ci sposeremo, ma siamo una bella coppia, lui tiene a me e, se resteremo così uniti, vivremo una storia molto lunga e chissà che non arrivi anche un bambino."

"Davvero? Bene. Quindi adesso è felice, no?"

"Sì, puoi stare tranquilla. Non ti porterò via il tuo caro Kaede."

"Nemmeno io lo posso portare via: ha una persona grande e grossa sempre appiccicata, uno a cui non la si fa."

Mi misi a ridere. Certi scherzi tra donne, a seconda della persona che si ha di fronte, possono risultare molto pesanti, e in genere accade proprio quando si fa mostra di leggerezza, ma con Atsuko non provavo nessun fastidio. Dovevamo avere caratteri compatibili.

"Mah, sai, Kaede mi ispira tranquillità, quindi vengo soprattutto con l'idea di vederlo. Adesso vivo una situazione di stabilità e per il momento ho messo da parte la preoccupazione per la morte di mio nonno: sto molto meglio di allora. All'epoca ero ancora una ragazzina, malgrado l'età. E credo che il mio errore sia stato proprio sposarmi quando avevo ancora la testa di una ragazzina.

Ma sono affezionata a Kaede, ho solo voglia di vederlo, forse per me è come tornare al punto di partenza.

Sia lui che io abbiamo avuto un'infanzia molto felice, e qualsiasi cosa ci capiti è sufficiente guardarci perché tutto si sistemi. Credo che sia questo.

È perché è stato il mio primo amore, forse? Un simbolo dei bei tempi andati, magari?"

Non sapevo niente del loro passato, ma a sentirla parlare così mi commossi. Come se mi trovassi di fronte a un paesaggio a me caro.

"Sicuramente è così anche per il maestro Kaede."

"Vuoi vedere qualche fotografia?" fece Atsuko.

"Che fotografia?" chiesi io.

"Fotografie di Kaede da piccolo," rise lei.

"Certo che le voglio vedere, ne ha qualcuna qui con lei?"

"Le abbiamo fatte in occasione di una gita al mare con le nostre famiglie."

Così dicendo cominciò a cercare nella sua borsa ben ordinata e tirò fuori un'agenda. All'interno c'era una specie di tasca fatta apposta per infilarci le fotografie, e Atsuko ne estrasse due.

Una ritraeva il nonno di Atsuko, ma dall'aspetto molto più giovane, lei da bambina e un ragazzino mingherlino. Lei aveva un gran sorriso, Kaede le sopracciglia aggrottate.

Indicando con il dito, Atsuko disse: "Kaede era di cattivo umore perché si era scottato al sole".

Sullo sfondo un mare tranquillo e persone che facevano il bagno... Loro due si tenevano per mano sulla spiaggia, in mezzo agli ombrelloni. Era una fotografia molto carina. Kaede era così pallido e gracile che faceva venir voglia di abbracciarlo. Le lunghe gambe leggermente arcuate, le labbra carnose come quelle di una bambina.

L'altra fotografia ritraeva la mamma di Kaede e loro due. Erano sempre in spiaggia, e la mamma indossava un abito di un colore grazioso. Era una bella donna e somigliava molto a Kaede. Lui e Atsuko erano seduti sul frangiflutti e mangiavano un gelato. Il volto di Kaede era nascosto da un cappello. Ciononostante, si capiva benissimo che quello era un momento estremamente felice della sua vita. Atsuko aveva i capelli legati in due codini e mangiava sorridente il suo gelato. Era una bella fotografia.

"Eh? È giada quella?" disse Atsuko indicandomi il petto mentre ero piegata in avanti per guardare la foto.

"Sì, me l'ha regalata la nonna. Dice che viene da Taiwan. Non ne sono sicura neanch'io, ma credo che mia nonna abbia vissuto a Taiwan. È scheggiato, quindi lo tengo un po' nascosto."

"Ho capito... Se dovesse capitarti di andare a Taiwan, potrei presentarti un amico di mio nonno che lavora le pietre preziose. Te lo aggiusterebbe a un prezzo molto basso.

Mio nonno, per lavoro, importava giada lavorata da Taiwan. A dire il vero non era la sua occupazione principale, si trattava di un'attività secondaria. Non so neanche quante volte abbia visitato il mercato delle pietre preziose da quando ero bambina. È un lavoro che anch'io sto portando avanti, ma un poco alla volta. Compro la giada lavorata, qui in Giappone ci faccio fare collane, anelli o accessori per cellulari e poi li vendo. Sono oggetti molto simili a quello che porti tu.

Chissà, magari quando ero bambina avrò incrociato tua nonna per strada, laggiù. Il destino funziona così, non si sa mai in che modo si è legati.

Quando la situazione del nonno si è stabilizzata, per qualche tempo abbiamo fatto avanti e indietro fra il Giappone e Taiwan. È un posto particolarmente rinomato per le cure termali. Mio nonno è drogato di lavoro, e quando si trova in Giappone finisce sempre per mettersi a lavorare, quindi ci siamo consultati tra noi e abbiamo pensato che la cosa migliore fosse farlo stare lì per un po'. Naturalmente sono andata con lui per tenerlo d'occhio.

Tōkyō e Taipei sono entrambe delle metropoli, ma completamente diverse tra loro. Il tempo lì scorre a un ritmo umano... Andavamo sempre fuori città a passeggiare in mezzo alla natura, era come se volessimo assaporare di nuovo le sensazioni provate durante la nostra arrampicata in montagna. Certo, non era così faticoso, ma penso che tutto quel verde, gli insetti e il vento abbiano contribuito alla ripresa del nonno. È un posto caldo, quindi vi cresce frutta tropicale, e le piante sono di un verde intenso. Anche a me è stato utile: mi ha fatto riprendere dallo choc del divorzio.

Il nonno era stato contrario al mio matrimonio sin dall'inizio. Voleva che prendessi il suo posto e diceva sempre che un uomo avrei potuto trovarlo in qualsiasi momento, perché ho un carattere volitivo, ma io mi sono opposta, mi sono sposata e ho cominciato a lavorare ogni tanto.

Poi c'è stato il divorzio, l'operazione è andata bene, il tumore non sembra essersi rimanifestato e quindi il nonno ha ritrovato la speranza e con il tempo è stato sempre meglio. Era a Taiwan con la sua nipote preferita e continuava a ripetere che era felice di essere vivo.

Ti sembrerà banale, ma è importante fare esperienze divertenti: possono farti dimenticare persino di essere malato. Per questo motivo provo gratitudine verso Taiwan. Mi ha dato tutto ciò che desideravo nel momento in cui ne avevo bisogno: quando dovevo correggere la rotta."

"Davvero? Mi piacerebbe andarci una volta."

Parlai con un tono sognante, come se mi stessero raccontando una favola. Taiwan, Taiwan... Da un po' di tempo a questa parte non fanno che parlarmi di Taiwan, dev'esserci sotto qualcosa, pensai.

"E che ci vuole? Basta prendere un aereo e ci si arriva in tre ore. Nei periodi in cui sono più impegnata, riesco comunque ad andarci un paio di volte al mese," rise Atsuko. "O vuoi dirmi che Kaede ti fa lavorare così tanto che non ti puoi prendere neanche una vacanza?"

"C'è anche quello... È strano. Sai, io non ho quasi mai fatto viaggi di piacere. Però il passaporto ce l'ho: l'ho fatto subito dopo essere venuta qui per usarlo come documento di riconoscimento."

"Bene, quindi d'ora in avanti potrai andare in tanti posti, anche da tua nonna a Malta, no!?"

"Ci... Ci potrei andare..."

Con grande stupore, mi resi conto che non ci avevo mai pensato. Allo stesso tempo, però, provai una certa eccitazione. È vero, posso andare a trovare la nonna quando voglio e l'ho capito solo ora, mi dissi.

Atsuko mi disse ridendo: "Non hai fatto altro che lavorare in montagna per così tanto tempo, e avevi così tanto da fare, che la tua percezione delle cose è un po' alterata, o sbaglio? Sei troppo diligente. Devi dire a Kaede di farti riposare ogni tanto!".

"Giorni di riposo ne ho, ma in genere li passo a prendermi cura delle piante," risposi, pensando però che a breve avrei iniziato a vivere con Shin'chirō e quindi le avrei potute affidare a lui.

"Ah, e poi sto scoprendo la città, perché per me è un posto nuovo."

"Ah, sì? Be', certo, capisco."

Atsuko annuì con un'aria straordinariamente sincera.

In quel momento non immaginavo neanche di poter andare a Taiwan nell'immediato futuro, né che mi sarei potuta ritrovare in una situazione simile alla sua. Se potessi tornare indietro mi darei uno schiaffo per la mia superficialità. O forse mi accarezzerei la testa con dolcezza. Mi abbraccerei. Mi rimprovererei. E vorrei tornarci, indietro. Non so neanch'io cosa provo, ho così tanto dentro.

Ma ogni volta che ripenso al sorriso di Atsuko mi ricordo anche della mia ingenuità in quel momento. Quella strana associazione di presagi, segnali e informazioni. Un incontro improvviso, in un momento di sospensione fuori dal tempo. Una persona meravigliosa, da sogno, che avevo potuto frequentare solo per pochi istanti, ma con cui sarei voluta restare più a lungo.

Doveva essere uno spiraglio che gli dèi si erano affrettati a concedermi, visto che ero così lenta.

Atsuko disse: "Mi raccomando: prenditi cura di Kaede. Se vuoi sapere perché, quando ero a pezzi per via di mio marito e mia cugina, lui mi ha detto: 'Eri tu a piacere a quei due. Nutrivano una tale adorazione nei tuoi confronti, che hanno iniziato a provare invidia e a desiderarti allo stesso tempo. In questo erano uguali, e tra loro è cominciata non perché si fossero affezionati l'uno all'altra, ma perché volevano darti fastidio. Per questo motivo, se ti farai da parte non ci sarà più niente a portarli l'uno verso l'altra. E a quel punto potresti pensare al da farsi.

Ma è una strada che non ti consiglio. Credo che dovresti approfittare di questa opportunità per cambiare direzione. Ho sempre pensato che una persona come te possa vivere tranquillamente senza sposarsi, e inoltre credo che saresti in grado di succedere a tuo nonno e lavorare senza sentire una pressione eccessiva.

Forse avrai un figlio, un giorno. Tuo nonno vivrà più a lungo di quanto tutti voi crediate, è questa l'impressione che ho io. Adesso sei fuori strada. Fuori dalla *tua* strada. La malattia di tuo nonno non te l'ha ancora fatto capire?'.

All'epoca ero totalmente sfiduciata e pensavo di non valere nulla, non facevo che aspettare che mio marito tornasse da me... Avrei voluto sposarmi una sola volta, e che durasse per tutta la vita... Ma quando Kaede mi disse quelle cose pensai: 'Ho capito!'.

Riconsiderai tante cose e per la prima volta ne compresi il significato.

Fino ad allora avevo creduto che quei due si fossero innamorati l'uno dell'altra senza pensare a me, ma c'erano delle cose che proprio non mi tornavano.

Perché non si allontanavano da me, perché avevano fatto in modo che vedessi gli anelli, perché continuavano a creare occasioni di contrasto?... Se ciò che diceva Kaede fosse stato vero, tutto avrebbe avuto un senso. Tutti i loro comportamenti incomprensibili.

E così mi sono decisa a prendere le distanze. All'inizio è stato difficile, ero sempre ansiosa e nervosa e proprio non riuscivo a togliermeli dalla testa, ma con il tempo è andata meglio. Ignorai le loro chiamate, mi presi una pausa.

E così, proprio come aveva previsto Kaede, nell'arco di un anno si sono lasciati e mio marito è tornato da me. L'ho incontrato una volta, pensando di voler ricominciare... Ma ormai non avrebbe più funzionato, e quindi l'ho lasciato definitivamente. Sono certa di aver preso la decisione giusta".

Guardai i suoi occhi, così limpidi, e pensai che avesse ragione. E che le porte aperte da Kaede sapessero mettere in comunicazione le persone.

Se fosse tornata insieme a suo marito ne avrebbe subìto ancora l'invidia, avrebbe perduto i suoi occhi limpidi e l'aria graziosa che aveva quando, quel giorno, si rotolava per terra ridendo insieme al nonno.

Kaede esprimeva raramente le proprie opinioni e lasciava che fossero i clienti a scegliere, eppure ad Atsuko aveva detto chiaro e tondo che "non le consigliava" quella soluzione, e io sapevo perché. Non voleva che il mondo perdesse quel sorriso dolce come un miele donatole dagli dèi.

"Io non sono affatto gelosa, quindi aiuta Kaede, va bene? Tengo davvero tanto a lui. Custodisce tutti i miei sogni di bambina, ed è solo guardandolo che riesco ancora a crederci."

Parlando, Atsuko strinse con la sua piccola mano la mia.

La rividi mentre, goffa, cercava di arrampicarsi sulla montagna, ma annuii con decisione.

"Lo penso anch'io. È una persona da proteggere. Voglio continuare ad aiutarlo."

Atsuko sorrise con aria di approvazione.

Ci salutammo alla stazione, ridendo e promettendoci di rivederci.

"Buone vacanze e buon soggiorno in Australia!" le dissi io, e lei, scherzando: "Buon viaggio a Taiwan!".

La storia di Atsuko, quando me la raccontò, non mi riguardava affatto.

Come non mi riguardavano il dolore e la sofferenza, e non pensai neanche lontanamente a mettermi nei suoi panni.

Non avevo mai immaginato che anche a me sarebbe capitato di dovermi separare definitivamente da qualcuno.

Capii che le tempeste che agitano il cuore delle persone sono inarrestabili e che se non le si lascia passare, se non si cerca di calmarsi e di prendere tempo, non si placheranno mai.

Atsuko lo aveva capito prima di me, e quando provavo queste sensazioni il mio pensiero andava a lei.

In quei momenti una luce baluginava nel mio cuore.

Ricordavo la sua nuca candida e mi sentivo un po' meglio.

Subito dopo andai con Shin'chirō nel paese in cui era cresciuto, e quel viaggio divenne il motivo della nostra rottura.

Il trasloco, per quanto riguardava la mia parte, si era concluso: eravamo a questo stadio.

Ma se fossimo andati oltre questo stadio... Se anche i bagagli di Shin'chirō fossero già stati sistemati nell'appartamento, probabilmente ne avremmo parlato di più e a quest'ora saremmo ancora insieme.

Ho la sensazione che dietro a ogni cosa ci sia un disegno, un tempo prestabilito. E penso che sia un bene. Ci sono sere in cui sto male e la penso diversamente, ma nella maggior parte dei casi è così che la vedo. Se avessimo cominciato a vivere insieme, non saremmo riusciti a lasciarci.

Proprio perché non mi ero ancora immersa nella realtà della convivenza ho potuto ricominciare a stare da sola. Forse mi sono salvata appena in tempo.

Ancora adesso, quando ci penso, mi manca il respiro. Quando penso che l'amore che nutrivo per lui e il significato che attribuivo alla nostra relazione non corrispondevano a ciò che provava lui, mi sembra di non vedere più niente e mi sento sopraffatta dalla solitudine e della tristezza.

È naturale, perché nessuno può capirmi e amarmi più di quanto io capisca e ami me stessa, ma quando tutto questo mi torna in mente insieme al sorriso di Shin'chirō, provo un dolore fortissimo.

Era diverso da quando mi sono separata dalla nonna sapendo che l'amavo e che lei amava me. Per la prima volta ho compreso fino in fondo cosa sia un "estraneo".

Malgrado tutto, però, nessuno può portarmi via il ricordo di quelle giornate.

Nemmeno il vero Shin'chirō.

Lo Shin'chirō che mi piaceva tanto ormai non c'è più, ma quei ricordi luminosi esisteranno all'infinito, in un posto dove nessuno potrà rovinarli. Il nostro rapporto funzionava solo in un contesto di prova infinita, tra le mie debolezze e la sua difficoltà a divorziare dalla moglie. In una stanza chiusa dove io ero da sola e anche lui. È bastata una minima intrusione dall'esterno per distruggere tutto il nostro mondo.

Eravamo nel nostro paradiso di terme, cactus e calore umano, ma era arrivato il momento di uscirne.

Gli dèi avevano messo sulla mia strada una persona meravigliosa per aiutarmi a superare la separazione dalla nonna e a trovare qualcosa da fare, ma adesso avrei dovuto restituirlo al destino. Così.

Non mi va tanto di parlarne, però...

Ogni volta che ci provo sento un nodo in gola, un dolore acuto al petto, mi irrigidisco e non riesco più a distinguere gusti e colori.

Ma se non ne parlo, non potrò andare avanti con la mia vita, né riuscirò a ricordare tutto quello che è successo dopo.

Shin'chirō aveva un caro amico, Takahashi, con il quale, ai tempi della scuola, svolgeva le attività del club di giardinaggio – erano soltanto loro due. Era la persona che Shin'chirō rispettava di più al mondo.

Oltre a soffrire di cuore, per via di un problema alle gambe, era sulla sedia a rotelle sin da bambino. Però aveva il pollice verde, bravissimo nella cura delle piante. Era stato proprio lui a ispirare Shin'chirō nella decisione di proseguire sulla via del giardinaggio.

È un po' come quando siamo di fronte a una mappa: basta porsi alla giusta distanza e si vede tutto con chiarezza.

"Il giardino di Takahashi era così spettacolare che non sono più riuscito a lasciarlo."

Doveva essere andata così.

All'inizio Shin'chirō non riusciva a decidere se restare a Izu o spostarsi a Tōkyō.

Per continuare con il giardinaggio, Izu sarebbe stata la scelta migliore, sia per il clima che per la facilità di mettere su una struttura, oltre che per il costo del terreno...

A me andava bene sia l'una che l'altra possibilità, quindi gli suggerii di riflettere senza fretta. Pensavo che, se pure fosse rimasto a Izu, la cosa non avrebbe influito sulla nostra relazione.

Ma Shin'chirō era ossessionato dal pensiero che con me doveva fare sul serio. Forse la sua ex moglie gli aveva detto qualcosa, oppure lo preoccupava il fatto che fossi così legata alla casa di Kaede. In ogni caso, Shin'chirō non era una persona superficiale, e quindi la sua fu una decisione su cui meditò a lungo.

Ciononostante, credo che nel momento in cui una persona si impone di "fare sul serio" con un'altra, sta già mentendo.

Però non ci volevo pensare, e così chiusi gli occhi. Tuttavia, con gli occhi chiusi e le orecchie tappate, il mondo si fece sempre più piccolo e opprimente. Ma io volevo stare con lui.

Però a pensarci adesso, mi rendo conto che Shin'chirō doveva aver capito che non desideravo affatto vivere con lui e che mi sembrava che non ci restasse più nulla di nuovo da fare insieme.

Un giorno mi disse, con quella sua voce bassa che mi piaceva tanto: "Ho la sensazione che tu voglia conoscere il punto da cui sono partito, quindi potremmo andare a casa del mio amico Takahashi per vedere il suo giardino. Non so cosa ne abbia fatto la madre dopo la sua morte, ma credo che se lo vedessi capiresti molto meglio chi sono. Ti va di venirci? In verità sarebbe meglio andarci in primavera, ma quando ricomincerò a lavorare sarà più difficile".

Gli risposi che l'avrei accompagnato senz'altro.

"Da quanto tempo è che non ci vai?"

"Ci sono andato l'ultima volta per il suo funerale. Poi mi sono sposato e ho iniziato a vivere a Izu... È veramente tanto tempo che non mi faccio vedere. Dopo la morte di Takahashi non ho più avuto motivi per andarci... Ma credimi, è un giardino stupendo: ricordo che mi travolse anche quella volta e mi invogliò ancora di più a continuare con il giardinaggio. Non riuscivo a darmi pace. E anche in seguito, quando lo choc si fu attenuato, ogni volta che mi tornava in mente il giardino, l'immagine che si materializzava davanti ai miei occhi era talmente incredibile che ho iniziato a pensare che forse si trattava solo di una mia fantasia. Ho quasi paura di tornare in quel posto, ma devo farlo. Non so in che condizioni sia adesso, ma penso che la madre lo stia conservando così com'era. Anche se non potrà mai essere come quando lo curava Takahashi. Non me lo riesco a immaginare. Però ci voglio andare a ogni costo, sento di doverlo fare. Ci sarei potuto andare mille altre volte, ma ho come la sensazione che sia arrivato il momento giusto."

"Allora andiamoci. Voglio vederlo anch'io," annuii.

Ripensandoci adesso, però, mi rendo conto che qualche cosa l'avevo capita.

Ogni volta che partivamo per i nostri brevi viaggi a Izu provavo la triste sensazione che a monte ci fosse qualcosa di sbagliato.

Anche quando compravamo il *bentō*, o ci prendevamo per mano al momento di salire sul treno, sentivo un brivido di malinconia. Il cielo mi appariva stranamente lontano, e né la musica briosa che ascoltavo, né le allegre famiglie in viaggio riuscivano a rasserenarmi. I ricordi che condividevo con lui mi si ripresentavano alla rinfusa, e mentre guardavo il paesaggio fuori dal finestrino mi è capitato persino di piangere senza sapere perché.

Chissà, forse sarebbe andata a finire diversamente se mi fossi messa a fare i capricci e fossi scesa dal treno a metà strada...

Me lo sono chiesta spesso.

Ma credo di no. Ho sempre recitato un ruolo secondario nella storia di Shin'chirō, sono stata una comparsa aggiunta all'ultimo momento. Non me lo sarei mai aspettato. Ho vissuto la mia vita con sfacciataggine, concentrata solo su me stessa, mi bastava che qualcuno mi rivolgesse un sorriso per convincermi di piacergli.

Quando vivevo in montagna questo mio modo di essere mi faceva lavorare velocemente e bene.

Ma non è un atteggiamento che si può applicare all'amore. Sino ad allora avevo vissuto storie superficiali, quindi non ero in grado di discernere i più piccoli moti del cuore di chi avevo di fronte.

Avevo la sensazione che, a parte la moglie da cui si era separato, tutto ciò verso cui rivolgeva lo sguardo appartenesse a un qualche mondo lontano. Ma coltivavo la presunzione di aver spazzato via ogni cosa con l'aria fresca della nostra recente vita di coppia. In quella fase della mia vita ero ancora molto ingenua.

Eravamo in treno e stavamo mangiando degli *onigiri*, quando gli domandai: "Shin'chirō, ascolta, c'è una cosa che ti vorrei chiedere".

"Cosa?"

"La madre di Takahashi... È stata il tuo primo amore, non è vero?"

Mi sforzai di simulare una certa tranquillità, ma era come se qualcosa di duro mi si fosse fermato in gola.

Avevo avuto quella sensazione già molto tempo prima, sentendogli pronunciare il nome di Takahashi.

Avevo sentito l'odore del primo amore. Dalle sue parole trapelava un residuo di dolcezza. E anche dal suo profilo.

Purtroppo Shin'chirō restò zitto e si limitò a fissarmi in volto con l'espressione di chi sta guardando qualcosa di pauroso.

Dopo qualche minuto di silenzio, evidentemente combattuto tra il desiderio di tacere e la volontà di aprirmi il suo cuore, si decise a dirmi: "...Come hai fatto a capirlo? Non ti ho mai detto niente di lei. Ti ho raccontato solo di Takahashi".

Risposi senza guardarlo negli occhi.

La sua reazione mi aveva spaventato al punto che non ci riuscivo.

"È una sensazione che ho sempre avuto."

"Davvero?" ribatté pensieroso.

"Ma tutti coltiviamo in segreto dei ricordi importanti," dissi. Non avrei potuto dire altro.

Shin'chirō riprese finalmente un'espressione tranquilla e rispose: "Be', sì, è senz'altro così".

Gli domandai: "È molto più grande di te?".

Sempre più a suo agio, Shin'chirō si affrettò a rispondere: "Sì, è più grande, ma non così tanto, perché si tratta della seconda moglie del padre di Takahashi, e quando si sono sposati lei era piuttosto giovane. A me comunque, all'epoca, sembrava che ci fosse un'enorme differenza d'età fra noi".

Io mi sentivo sempre più in ansia.

Se non era molto più grande di lui, allora non era un'anziana signora.

La gelosia stava guadagnando terreno nella mia testa.

Lo so. Non era quella donna a suscitare in me gelosia, ma la consapevolezza che tra noi c'era qualcosa di profondamente precario. La lezione di Kaede e Atsuko era arrivata al momento giusto.

Quando una donna incredibilmente esile e bella aprì la porta, e i suoi occhi si riempirono di lacrime alla vista di Shin'chirō, e quando notai i piccoli orecchini di diamante alle graziose orecchie, e il collo inclinato in modo elegante e per nulla sensuale, mi dissi: "Ho perso".

Quella donna somigliava a una pianta. Aveva anche la determinazione delle piante.

In confronto a lei io apparivo carnale, materiale come un animale selvatico. Avrei voluto sparire.

Per me era già abbastanza.

Credo che sia quella la vera gelosia. Non avevo alcuna speranza di vincere.

Aveva i tratti delicati, non esprimeva ciò che sentiva, ma raggiungeva in silenzio ogni suo scopo. Tutto l'opposto di me. Ed era proprio il tipo di persona che non mi andava a genio. Ogni volta che vedo una persona del genere mi viene voglia di dire: "Non ne hai abbastanza? Perché non dici ciò che pensi come tutti, una buona volta?". Era un'eredità della nonna, che per il suo lavoro doveva capire il problema nel minor tempo possibile.

Non dico che il suo modo di essere fosse sbagliato, ma non era compatibile al mio.

Però era compatibile con Shin'chirō, e da molto più tempo... Lo sentii così chiaramente che mi fece soffrire.

Mi stavo giocando tutto in pochi istanti, e se pure dopo avessi cercato di correre ai ripari sarebbe stato tutto inutile.

Erano questi i miei sentimenti quando entrammo in casa.

Non riuscivo ad ascoltarli mentre parlavano con tono nostalgico dei vecchi tempi, le loro parole mi rimbombavano nella testa.

Shin'chirō, come mi aspettavo, all'offerta di un tè chiese: "Possiamo vedere il giardino, prima?".

Ecco, esattamente quello che mi piaceva di lui.

La madre di Takahashi rispose: "Grazie. Vengono in tanti, anche da lontano, per vedere questo giardino, sai? E i vicini ci vengono più e più volte, il che mi fa molto piacere. C'è persino un fotografo che dice di volerne fare l'oggetto di un libro: nonostante io non faccia nulla per attirare le persone, è come se fosse il mondo di mio figlio a chiamarle a sé. Ne sono molto felice".

Nonostante ciò, non nutrivo grandi aspettative. Tendevo a darle poca importanza dicendomi che il suo sarebbe stato soltanto un giardino grazioso in una casa di provincia.

Ma nel momento in cui mi lasciai la stanza alle spalle, guidata dalla grazia della madre di Takahashi, e il giardino mi apparve davanti agli occhi, dissi senza neanche rendermene conto: "Eh? Dove mi trovo? Dove sono stata finora?". Era come se in un solo istante fossi stata trasportata in un altro pianeta.

Mi aveva messo al tappeto.

Sembrava che le brezze più fresche del mondo si fossero date appuntamento in quel giardino. Era rigoglioso, florido: i suoi infiniti colori, le api e le farfalle mi entrarono negli occhi come un'immagine in tutto il suo splendore. Gli angeli sarebbero scesi da un momento all'altro per dare una sbirciatina. Non è una metafora per descriverne la delicata bellezza: era davvero come se un'insolita ma meravigliosa presenza soprannaturale potesse arrivare all'improvviso in quell'ambiente che stravolgeva i concetti di prospettiva, tempo e spazio. Osservandolo nei dettagli, appariva come un miracoloso intarsio di colori sapientemente combinati. Dovevano aver tenuto conto del colore dei fiori di ogni stagione e di quello della palizzata e del terriccio. C'era un ordine, come negli spettacoli, che prevedeva ciò che sarebbe fiorito e i frutti del periodo, in maniera tale che non venisse mai meno alcuna tonalità. Per esempio, la pianta di Hybiscus, che era piuttosto grande, in quel momento si trovava in casa, ma di sicuro in primavera l'avrebbero messa in un posto preciso al centro del giardino. C'era anche una serra, sul lato sinistro, dove tenevano diverse piante "di riserva". C'era un progetto in tutto questo, tuttavia la mano dell'uomo non era troppo evidente. Non so se una cosa del genere sia davvero possibile, ma nell'istante in cui lo vidi ebbi esattamente quest'impressione.

Allora era inverno, quindi non c'era una grande fioritura. Si vedevano solo camelie di tanti colori, ed erano qualcosa di esagerato, sembravano dei giocattoli, piene di fiori come alberi di Natale. Erano in vari punti del giardino, scoppiettanti di petali rosa e rossi che parevano finti. Quelli caduti erano stati raccolti in un mucchietto ordinato che la signora doveva aver messo da parte. Un angolo era ravvivato dal color arancio di alcuni agrumi che non avevo mai visto prima. Il giardino era addobbato con i colori della festa. Una festa dalle tinte calde e limpide, che ben si accordavano al cielo d'inverno.

Come potrei descrivere ciò che ho provato guardandomi intorno? Nonostante non fosse un giardino molto grande, il mio cuore si aprì come se mi trovassi di fronte a un paesaggio maestoso. Come se stessi osservando il mare da una scogliera a picco, o se stessi guardando un punto lontano davanti a me.

La casa in montagna della nonna era il posto che più amavo al mondo, in perfetta armonia con la natura.

Quel giardino, invece, non era un giardino, ma l'"opera" di un genio.

C'era qualcosa che non mi tornava. Perché alla gente non sono sufficienti dipinti e fotografie, perché sentono il bisogno di usare la natura per dar vita alle proprie opere? Si parla di armonia tra uomo e natura, ma in quel caso gli elementi naturali erano stati utilizzati per produrre un'opera del tutto umana. Era il mondo della sua immaginazione, e ogni pianta, fiore o ramo si era messo al servizio del suo estro prendendo la forma che lui desiderava.

A dispetto della disabilità fisica, Takahashi non aveva perso di vista le proprie ambizioni nemmeno per un istante. Ebbi l'impressione che quel giardino contenesse le risposte alle mie domande: perché non ci accontentiamo della natura? Perché ci ostiniamo a riprodurla? Era forse perché la si ritiene soltanto un frammento della pur meravigliosa opera degli dèi? Takahashi doveva sapere molto di più. Probabilmente riusciva a vedere più lontano, e a ciò che vedeva non avrebbe voluto rinunciare. Di fronte alla perfezione della natura era in grado di immaginarselo. Ecco perché non riusciva a trattenere la spinta creativa. Ma com'è che si era infilato in un'impresa così diversa da tutte le altre? Perché non poteva muoversi? O perché sapeva che non sarebbe vissuto a lungo?

Takahashi, per come lo percepivo io, non era una persona dall'ego smisurato. Era come trasparente... Me lo immaginavo come un ragazzo a cui sarebbe bastata una camelia attraverso la quale osservare lo scorrere delle stagioni per essere felice. In risposta a quale impulso aveva creato tutto ciò?

Capivo perfettamente perché Shin'chirō lo rispettasse, perché lo invidiasse e perché, spinto dal desiderio di conoscere il mondo di Takahashi, di avvicinarsi a lui il più possibile, si fosse invaghito di sua madre. E forse anche il senso di rabbia e malinconia al pensiero che, distratto com'era dalle cose del mondo, non sarebbe mai stato capace di creare un giardino come quello.

Così, attraverso Takahashi, ero arrivata a sfiorare la parte più intima dell'animo di Shin'chirō, e proprio quando eravamo ormai sul punto di lasciarci.

Il mondo di Takahashi era il paradiso racchiuso nel cuore di un essere umano... L'espressione visibile dei suoi sogni, desideri, della sua stessa esistenza.

"Voglio vivere."

Era questo il messaggio che, ostinatamente, trapelava da quel giardino.

"Fosse anche soltanto per un giorno ancora, voglio avere la possibilità di guardare questo mondo meraviglioso."

Questo era ciò che Takahashi cercava di dire.

L'animo umano non conosce limiti, e a ogni soffio di vento, a ogni cambiamento della luce, il mondo ci mostra un volto diverso, e sarà così in eterno, perché non può avere fine: questo voleva trasmettere, credo.

Il verde fitto del roseto quando non è la stagione della fioritura... Le erbe senza nome... Il prato lucente e folto e le piante ammassate e intrecciate che tuttavia non danno affatto un'idea di disordine, mentre la sovrapposizione di diversi toni di verde produce un effetto di dolce voluttà. I rami si protendevano con le loro forme sinuose, magiche, e persino i suoni provenienti dall'esterno erano risucchiati e si propagavano come una musica paradisiaca.

Sembrava al tempo stesso estremamente ampio e ristretto e intimo.

Per tutto il tempo che vi rimasi, percepii nettamente la grandezza di Takahashi.

Se il paesaggio della sua immaginazione era così straordinario, allora doveva aver raggiunto un punto troppo elevato perché potesse restare ancora a lungo tra la sporcizia del mondo.

Avrei desiderato starmene lì a osservare ogni singolo mutamento di luce.

"Ho ereditato il compito di salvaguardare questo posto."

Fu la madre di Takahashi a rompere il silenzio.

"Adesso ho capito fino a che punto mio figlio fosse capace di amare le piante. Quando era vivo era sempre così preso che pensavo solo ad aiutarlo, e certe volte mi sembrava addirittura dispettoso. Adesso mi mancano persino quei momenti. Quindi, sapete, ho deciso che a breve vorrei trasformare il giardino in un'attività commerciale e aprirlo al pubblico. Potrei assumere qualcuno che la gestisca."

"Penso che a Takahashi avrebbe fatto piacere," rispose Shin'chirō.

"Quando lo farò, vi inviterò: mi raccomando, venite." La donna rise con aria innocente.

Ma io avevo capito. Neanche la metà di quello che avrebbe capito Kaede, ma, mio malgrado, avevo capito.

Che in fondo al cuore lei covava il desiderio di prendere Shin'chirō a lavorare. E che nel destino di Shin'chirō era scritto che avrebbe lavorato tutta la vita lì... Dovetti confessarlo a me stessa. Non potevo più ostacolarli.

Ero io l'intrusa adesso. In tutta onestà, di me stessa pensavo soltanto: "Sono un'intrusa". Non ero più gelosa: guardando tutto quello, avevo capito.

Ne ero divenuta consapevole.

Anche quando avevo presentato Shin'chirō a Kataoka e

Kaede c'era stato qualcosa, dentro di me, che mi aveva messo in guardia, ma avevo fatto finta di niente.

Noi due da soli saremmo potuti durare all'infinito, ma era sufficiente avventurarci nel mondo per perdere ogni punto di contatto.

Adesso ne ero sicura, e faceva male al cuore.

"L'unica cosa che quel ragazzino aveva in abbondanza era il tempo. Non era in salute né libero di muoversi, ma se ne stava ore a fissare il giardino, a pensare quali piante coltivare, ponderare ciò che si sarebbe dovuto aggiungere, e se c'era un insetto lo prendeva delicatamente con le mani, se una foglia seccava la staccava piano piano, se mancava del terriccio lo aggiungeva facendo attenzione a non uccidere neanche un lombrico... Di tempo per fare tutto questo ne aveva in quantità. C'era l'intero suo mondo qui."

"Che mondo ricco. E che vita ricca," dissi. Riuscivo a immaginare quanto tempo avesse trascorso in quel giardino. Le creazioni umane, nella loro forma ultima, somigliano alla natura. La differenza tra le due è quasi impercettibile. E in quel caso era proprio così. E continuava a crescere a ritmo costante.

Avevo capito anche un'altra cosa.

Non era la gelosia a farmelo pensare, ma credo che nemmeno quella donna e Shin'chirō l'avessero capito... O forse lo avevano capito, ma non fino in fondo. Parlo del tempo che Takahashi aveva dedicato a quel giardino. Alla lucidità con cui era *esistito* in quel luogo preciso.

Vidi l'ombra di Kaede sovrapporsi al lavoro di Takahashi. Attraversavano la vita con un atteggiamento simile.

Qualsiasi cosa, in quel giardino, parlava di lui. Certamente sapeva quali erbacce vi sarebbero nate, come sarebbero cresciute, in che modo avrebbero sparso i loro semi e come sarebbe andata a finire. Riusciva a immaginare l'intero percorso. E io riuscivo a immaginare lui. Il giardino emanava anche il suo odore. E io sentivo persino la consistenza delle sue braccia.

In quell'istante, forse, mi sono innamorata di Takahashi. Era impossibile opporgli resistenza.

Credo che Shin'chirō avesse una vaga idea della lucidità e del rigore che caratterizzavano la sua esistenza, e che sua madre avesse cercato di comprenderli. Ma nelle loro mani, il mondo di Takahashi si trasformava soltanto in un meraviglioso mondo consolatorio. In quello consisteva il loro limite.

Ma non era così che stavano le cose: di quel mondo lui era il sovrano indiscusso, e il giardino era come una maledizione perversa. Io lo sapevo.

Loro non riuscivano a vederlo, e provai delusione. Non per l'altezzosità di Takahashi, ma per la loro buona fede.

"Posso restare un po' da solo per guardare il giardino?" chiese Shin'chirō.

"Vuoi rubarne i segreti, non è vero?" disse lei, ridendo.

C'era qualcosa in quel sorriso che non saprei spiegare, qualcosa che mi metteva profondamente a disagio. A voler forzare una definizione, direi che si trattava di un senso di pragmaticità.

E se tutto quello non mi avesse riguardato affatto? Ci pensai su.

Mi avrebbe messo comunque a disagio?

In quel momento ero molto fredda.

E giunsi alla mia conclusione. Sì, mi avrebbe messo a disagio.

Essere pragmatici di fronte a questo giardino... Sì, forse era necessario, ma non faceva per me.

Quella donna mi stava lanciando una sfida. Avrei dovuto accettarla e combattere?

Solo che non ne avevo alcuna voglia. Cercavo dentro di me una motivazione, mi mettevo a soqquadro, ma non la riuscivo a trovare. Mi sembrò strano.

Desideravo disperatamente che venisse fuori, lo imploravo quasi fino alle lacrime, ma l'omino della motivazione non voleva saperne di farsi vivo.

È chiaro: era perché ero delusa.

Shin'chirō doveva essere proprio ingenuo per non accorgersi di quei trucchetti... Probabilmente era così preso dalla sensazione che al suo rapporto con le piante mancasse qualcosa, che non si curava di quelli con gli altri esseri umani. Solo questo ancora mi teneva in piedi... Così pensavo.

La madre di Takahashi disse: "In passato, mio figlio e Shin'chirō stavano sempre insieme. Era come se vivesse a casa nostra".

"Ha delle fotografie di quel periodo?"

"Certo, tra quelle lì sulla mensola."

Mi avvicinai alla mensola. C'era una fotografia dei genitori di Takahashi, così fragile, nel giorno del loro matrimonio... Lui stava nel mezzo, sulla sua sedia a rotelle, e rideva come un angelo. Compensava l'aspetto gracile con una discreta abbronzatura. I suoi occhi luccicavano come diamanti. Ero rapita dalla sua immagine. Capii che quelli erano gli occhi di una persona speciale. C'era anche una fotografia che ritraeva Takahashi e Shin'chirō uno accanto all'altro nel cortile della scuola. Shin'chirō aveva lo sguardo sicuro di chi conosce il valore delle decisioni prese da tempo e con serietà.

Quanto profondo doveva essere l'affetto che Takahashi nutriva nei suoi confronti?

La madre disse: "Sono contenta che entrambi abbiano trovato un'occupazione che permettesse loro di occuparsi delle piante. E Shin'chirō è un uomo, ormai... Ho sentito che lavorava in un giardino di cactus a Izu".

"È così, curava i cactus in serra."

"Vuol dire che la passione con cui ha lavorato da ragazzo ha dato i suoi frutti una volta che è diventato adulto... Sono davvero felice che siate venuti a farmi visita. È come se avessi di nuovo mio figlio con me. Ormai non mi resta più niente oltre a questo giardino."

Non c'era una vera ostilità nelle sue parole, ma io percepii una nota di bruciante gelosia.

"È un giardino stupendo," dissi. Con voce forte e chiara, che si potesse sentire da un capo all'altro del mondo. Era la mia dichiarazione.

La madre di Takahashi ribatté: "Credo che mi farò viva per chiedere qualche consiglio, di tanto in tanto. Non vorrei che dopo oggi finisca tutto. Venite altre volte, mi raccomando. Da queste parti non c'è granché, ma posso offrirvi tutti i pranzi e le cene che volete".

Tutto mi fu chiaro.

Così come quando era davanti a Shin'chirō, quella donna riusciva a ottenere tutto ciò che voleva senza darlo a vedere. Ma non lo consideravo deplorevole. Ci sono persone che vivono in questo modo e così si fanno strada nel mondo. Che continuino pure.

Io preferivo le persone che appartenevano al mio, di mondo. Che non si comportano così, che non ci riescono. Ma che hanno qualcos'altro, e in abbondanza... Desideravo vedere il volto di Kaede, di Kataoka, della nonna. Persone ingenue, che qualcuno avrebbe potuto giudicare persino stupide, con le loro incongruenze e i difetti, ma dotate di una personalità unica.

"È un giardino stupendo," ripetei.

Pensando che era Shin'chirō a dover scegliere, adesso.

Lui, intanto, stava accovacciato in giardino a esaminare il terriccio.

"È davvero un terreno ottimo," disse. "Se fossi una pianta vorrei crescere in un terreno come questo."

"È incredibile che ci siano i lombrichi," disse la madre di Takahashi, mettendo da parte il suo atteggiamento ostile.

Ma l'ostilità, in un certo senso, rifletteva semplicemente le nostre reciproche posizioni, non esisteva per davvero. Lei non aveva colpe. Si limitava a vivere la propria vita fino in fondo.

"Lasciando via libera ai lombrichi, il terreno diventa soffice e leggero," disse sorridente. Amava tutto di quel giardino, compresi i lombrichi.

Probabilmente Shin'chirō desiderava guardare ancora quel giardino, saperne di più. Desiderava ricostruire i segreti di Takahashi, il testamento di sussurri che aveva pronunciato con la sua voce flebile. Voleva prendersi tutto il tempo necessario, restare solo, non confidarli a nessuno.

Sotto molti punti di vista, il giardino di Takahashi si impresse nella mia memoria in maniera indelebile.

Era un'oasi del cuore, e non m'importava che fosse legata a un ricordo triste. Era un mondo pervaso da una serenità meravigliosa, come una fonte che sgorga e non si esaurisce mai.

Dopo aver visto un posto del genere, non si poteva più dire che "la natura incontaminata" fosse necessariamente la migliore.

Non me ne sarei voluta andare via da lì, non avevo voglia di ritornare in città. Se desideravo allontanarmi, i miei occhi mi chiedevano di restare in quel giardino a osservarne l'armonia. Il mondo di Takahashi possedeva quel tipo di fascino. Non era solo una questione di purezza, anzi: percepivo persino qualcosa di profondamente erotico. Mi aveva risucchiato. Avevo sempre la mia forma di donna, ma ero stata trascinata in quel vortice come qualcosa privo di un genere definito.

Dentro di me quella visione si sviluppò in grazia e dolcezza. Ero un fiore, avrei portato frutti. Contribuivo ad arricchire il mondo... Così mi sentivo.

Per due settimane, il problema rimase latente.

Ci incontravamo ogni giorno, ci davamo una mano con i preparativi del trasloco, mangiavamo, bevevamo tè, dormivamo nella casa in cui avremmo abitato insieme. Gli ultimi momenti della nostra vita di coppia furono sereni.

Ed è stato quello a salvarci.

Nonostante i dubbi – "Andrà avanti così?", e "No, finirà presto" –, eravamo sereni.

Ma quando guardavo la sua borsa o la panchina del parco dove eravamo soliti recarci insieme, le lacrime mi scendevano senza un motivo apparente.

E al motivo di quelle lacrime io facevo in modo di non pensare. Trattenevo il respiro e andavo avanti.

Atsuko aveva vissuto un periodo simile e aveva provato le stesse sensazioni.

Sapevo che, se pure gliene avessi parlato, non sarebbe cambiato nulla, quindi mi trattenni dall'incontrarla o dal telefonarle, ma la sentivo molto vicina e la sua stessa esistenza era per me un'ancora di salvezza.

Sembrava che fossi l'unica al mondo a provare un dolore così profondo, ma non era così. Era questo pensiero ad aiutarmi. Anche altri ci sono passati, ci sono passati tutti.

E poi il momento arrivò.

Alla fine, Shin'chirō disse: "Sto pensando di andare a dare una mano con il giardino di Takahashi un paio di volte a settimana".

Il pensiero che prima o poi quel momento sarebbe arrivato mi tormentava così tanto che, quando effettivamente arrivò, mi sentii sollevata. Oh, eccoci. Almeno questi giorni di sofferenza finiranno, pensai.

Ma in quel momento mi sembrò di non riuscire a vedere più nulla, e come mai prima di allora.

Non c'era niente a tenere insieme quell'istante e il precedente. Eravamo giunti al punto di non ritorno.

Avevamo superato una linea disegnata sul nostro cammino, ed era avvenuto quasi senza che ce ne accorgessimo. Un po' come quando un giorno finisce e il successivo comincia e intanto noi stiamo guardando la tv.

Ci trovavamo in una stazione di servizio, in piedi accanto a un distributore automatico di bevande, sorseggiando del tè caldo, nell'attesa che il serbatoio dell'auto si riempisse.

Sentii un dolore al petto e a stento riuscii a rimanere in piedi.

Il cielo, carico di nubi, si faceva sempre più vicino.

Poi cominciarono a cadere goccioloni di pioggia.

"Ho capito, Shin'chirō. Vuoi darle una mano per sempre, vero?"

Decisi di dirlo subito. In fondo non c'era più niente da fare. Avevo capito, e non potevo più tornare indietro.

"Che significa 'due volte a settimana'? Non metterti a fare cerimonie. Fa' quello che vuoi fare veramente."

Shin'chirō restò in silenzio. Gli si formò una ruga tra le sopracciglia, guardava lontano. Neanche il suo profilo apparteneva più alla persona che si sarebbe dovuta prendere cura di me. Dopo qualche istante, rispose:

"Fammici pensare bene... Scusa".

Ad avvicinarmi a lui era stato il senso di totale incongruenza che emanava, e non potevo credere che adesso fosse proprio l'incongruenza a farmi soffrire così.

"Per cominciare, non trasferirti più qui," dissi.

"Eh?" Sembrava profondamente sorpreso.

"Se dovessi trasferirti qui, poi non sopporterei di vederti andar via."

"Senti, le persone sono quelle che sono, non tutti riescono a interrompere qualcosa all'istante perché pensano che non sia reale, o a iniziarla perché sanno che lo è. Io, perlomeno, non ci riesco."

"Ma riesci almeno a capire che per me è doloroso stare a guardare quando ormai so tutto?"

"Cos'è che sai? Cosa ti fa pensare di essere infallibile? È una cosa che ci riguarda entrambi."

"Non riesco a far finta di niente se so che ad attendermi c'è qualcosa di brutto. E lo sai benissimo anche tu. Pensaci. Occuparti di quel posto è un tuo dovere, è ciò per cui sei portato. Mi fa male, ma ne sono consapevole, capisci? E, con il tempo, tu e quella donna vi sentirete attratti l'uno dall'altra, diventerete indispensabili l'uno all'altra. Se anche dovesse essere solo un'attrazione platonica, io non lo potrei sopportare."

"Se parli così, allora io non potrò mai incontrare nessuno. Supponiamo che io non lavori lì ma altrove: ci saranno molte donne ovunque."

Ma che sciocchezze sta dicendo? pensai. Sa bene che non sto parlando di quello, ma cerca di prendermi in giro. Quanto sono vigliacchi gli uomini, pensai.

"Non spostare il discorso su un altro piano. Per me sei una persona speciale, Shin'chirō. Io non ho i genitori, e tu per me sei come un genitore. Sei la persona che mi protegge. Per questo motivo, se comparisse qualcun altro bisognoso di essere protetto da te, a meno che non si trattasse di una mia sorella, non lo potrei sopportare. Perché sei speciale, lo penso davvero. Vorrei che mi credessi."

"Tu non hai degli amici al lavoro? Persone che tengono a te, più di quanto farebbero dei genitori? Sei incontentabile."

"Ora come ora tu sei tutta la mia famiglia, Shin'chirō. Non posso vivere insieme a te e intanto vederti mentre aiuti una persona che ti piace, vedervi sempre più attratti l'uno dall'altra."

"Non sono un tuo genitore," disse con freddezza. "Se mi consideri alla stregua di un genitore, prima o poi il nostro rapporto prenderà una piega sbagliata."

Non è vero, io voglio vivere insieme a te, voglio stare tutta la vita con te, è per questo che siamo andati a vedere il giardino di Takahashi... Erano queste le parole che aspettavo, ma non arrivarono. Si sentiva soltanto l'eco dei corvi in lontananza.

Tutto ciò che Shin'chirō desiderava era in quella casa ad attenderlo, come su una tavola imbandita: il giardino, quella donna, il lavoro che amava. Più ci pensavo e più era evidente. In quel momento ero io, e soltanto io, a essere fuori posto.

La verità, a volte, può essere davvero crudele e spudorata. A questo pensavo mentre restavo immobile, come un animale ferito. Cercando di non muovere un muscolo, compreso naturalmente il cuore.

"Tanto per iniziare, non andare troppo oltre. Ragiona. Non puoi essere così crudele da pensare di averci entrambe a tua disposizione, sia me sia lei."

"Sei tu a essere crudele. È troppo facile dire che non mi vuoi più con te solo perché non sono esattamente come vorresti. È vero, in passato ho voluto bene a quella donna. Ma adesso non è più così, io voglio solo cercare di raccogliere l'eredità di Takahashi.

E non ho idea della piega che questa cosa prenderà.

Potrebbe succedere quello che hai previsto tu.

Ma come posso pensare che mi ami se ti allontani da me solo all'idea che qualcosa possa accadere, quando ancora non è accaduto?"

È vero, pensai.

Il suo discorso non faceva una piega, e io mi sentivo sempre più attratta da lui.

Malgrado ciò, non ero sicura di poter cedere. Ciò che amavo per davvero... Era il lavoro... E poi, Kaede. Non avevo altri che Kaede. Amavo Kaede. Lui mi bastava. Per quanto strano potesse apparire.

Volevo stare con Kaede, solo questo. Ecco la verità.

Il che non significava che desiderassi portarlo via a Kataoka e sposarlo, non vivevo in un mondo dei sogni così banale. Non è che stia mettendo le mani avanti, davvero non ero interessata a un finale di quel tipo. Il mio rapporto con Kaede era perfetto così com'era, e la sola cosa che avessi a cuore era di poter continuare così ancora a lungo.

Di tutto questo ero consapevole, eppure stavo male. Stavo male lo stesso.

"Però sai, Shin'chirō..." esordii. "Puoi dire ciò che vuoi, ma non riesco a pensare bene di quella donna. Non mi piace. Non mi piace il suo modo di parlare né mi piacciono i vestiti che indossa.

Credo che Takahashi si sentisse oppresso da lei. E, a dirla tutta, non riesco neanche a capire perché tu voglia andarti a infilare dritto dritto in un mondo così opprimente. Non lo capisco, e non mi piace.

Il giardino è stupendo, quello mi piace. Come mi piace Takahashi. Ma il modo in cui quella donna vive la propria vita mi dà il voltastomaco. Potrà essere anche una splendida donna, non lo metto in dubbio. Ma è il tipo di persona in grado di ostacolare uno spirito creativo. Takahashi forse non ne poteva più di farsi accudire da lei, ecco perché ha creato quel giardino. Da questo punto di vista, sicuramente la sua presenza è stata una spinta necessaria.

Ma a me questo genere di cose non piace. E non è gelosia, credimi."

Fui sorpresa io stessa dall'impeto delle mie emozioni. Ma ormai avevo parlato. Era una questione di gusti, di stili di vita, non un problema di coppia. Né tantomento c'entrava la gelosia.

Il pensiero di Atsuko mi attraversò la mente. Eravamo fatte della stessa pasta, per noi contava solo ciò che sentivamo, e poi era maldestra, e sexy. Mi uscì una lacrima ma, per orgoglio, non l'asciugai.

"Capisco ciò che dici," fece Shin'chirō. "Lo capisco, ma

mi domando come puoi dire cose tanto cattive. Stai insultando il modo in cui qualcun altro ha scelto di condurre la propria esistenza.

Non è da te ed era il motivo principale per cui mi piacevi."

Nei suoi occhi brillò una lacrima. E di me aveva parlato al passato. Eccoci, pensai.

Come avevo fatto in sogno, distolsi lo sguardo dal suo profilo.

Ormai non potevo più chiedergli di camminare per sempre insieme a me. Le nostre strade si erano divise.

Restammo in silenzio. Un silenzio irreparabile ma prezioso.

I nostri corpi si desideravano. Se avessimo dimenticato tutto e ci fossimo abbracciati, avremmo potuto fingere che non fosse successo niente: questo gridavano i nostri corpi.

Ma dopo un poco sarebbe accaduto di nuovo. In modo ancora più brutto e doloroso, lo sapevamo bene, per questo non riuscimmo nemmeno a prenderci per mano.

"Oh, guarda, Shin'chirō. Quelle luci laggiù brillano come puntini, la pioggia le ha sfocate. Sono belle, non è vero?"

Shin'chirō non rispose.

Erano davvero belle. Oltre i lampioni, le luci azzurre delle insegne lungo la strada emanavano dei bagliori dai contorni sfumati, come se fossero due punti sovrapposti. L'asfalto bagnato aveva i colori dell'arcobaleno.

Gli dèi mi hanno voluto mostrare tutto questo per attenuare la mia tristezza, pensai. Il paesaggio sfocato piangeva al posto mio, e io potevo risparmiarmi le lacrime. Restava solo il cuore in mille pezzi, sanguinante.

Tutte le aspettative erano state deluse, i cattivi presagi si erano avverati.

Che stava succedendo? Eppure qualcosa, dentro di me, mi diceva che quella era la cosa giusta. Ed era proprio quello a farmi soffrire di più. Con un filo di voce, ma con un tono sicuro, il cuore mi raccontava che andava bene così, che era proprio così che doveva andare. Sino ad allora avevo vissuto prestando ascolto a quella stessa voce. E se l'avessi ignorata, avrei potuto forse ingannarmi per un poco, ma prima o poi il problema si sarebbe ripresentato. Sapevo anche quello.

E fu così che, tra le luci azzurrine di quel paesaggio ammaliante, ci lasciammo per sempre.

Abitare da sola nell'appartamento che avrei dovuto dividere con lui era deprimente oltre ogni dire.

Continuavo a ripetermi che avevo semplicemente guadagnato spazio.

Nella stanza destinata a Shin'chirō portai tutti i miei cactus e costruii una piccola serra in cui essiccare le foglie e sistemare le piante che avevano bisogno di maggiori cure. Comprai il materiale in un negozio per il fai-da-te e preparai un progetto alla bell'e meglio... Mi diedi da fare e riuscii a completare la serra anche se venne un po' storta.

Dal momento che lui non era in quella stanza, dovevo cercare di usarla in un modo che mi divertisse. E avevo bisogno di stare in movimento, o le batterie si sarebbero scaricate.

Per distrarmi, cominciai a preparare sali da bagno.

Avevo pensato anche ai liquori alle erbe, ma, visto che a me gli alcolici non piacciono molto, non riuscivo ad appassionarmici, quindi ho cambiato idea.

Trattandosi di un prodotto che non si ingerisce, andavano bene anche le foglie secche di *daikon* scartate dal verduraio o le erbacce ai lati della strada – magari qualche cane ci aveva anche fatto i bisogni vicino –, purché fossi certa di riuscire a lavarle accuratamente. E non avevo bisogno di molto spazio per farle essiccare.

Il vero problema era come valutarne gli effetti benefici.

Il tè lo bevevo da anni, inoltre ricordavo perfettamente gli insegnamenti della nonna, quindi riuscivo a capire se fosse efficace o no, mentre nel caso del bagno era più difficile, perché in fondo è sufficiente entrare nella vasca per sentirsi meglio, con o senza sali. Dovevo stare attenta e sperimentarlo su me stessa più e più volte. A differenza del tè, non avrebbero curato le malattie, dovevano solo alleviare la stanchezza della giornata e dare vigore... Era necessario questo spostamento di prospettiva, o non sarei mai riuscita a dedicarmici.

Potermi concentrare sui sali fu la mia salvezza.

E le sere in cui ero così depressa da non avere neanche voglia di fare un bagno, i miei sali erano uno stimolo. Potrò sembrare patetica, ma a volte avevo l'impressione di non essere da sola a fare il bagno.

Un giorno, dopo aver provato dei sali al lemongrass e foglie di mandarino che avevo preparato io, Kaede mi disse, tutto sorridente: "Sai, io uso la vasca raramente, un po' perché non ci vedo bene ed è pericoloso, un po' perché vado spesso in Europa, dove è più diffusa la doccia, ma ieri ho usato quei sali che mi avevi regalato e devo dire che il bagno è stato davvero rigenerante".

"Ah, quello? Ha un buon profumo fresco, non è vero?"

"Sì. Mi ha ricordato il bagno allo *shōbu*, che nostalgia... Lo diceva anche Kataoka."

"Uh, avete fatto il bagno insieme, cattivoni..."

Quando lo prendevo in giro in questo modo, Kaede diventava tutto rosso e faceva tenerezza.

Aggiunsi: "Piuttosto, cos'è il bagno allo *shōbu*?".

"Non lo sai? Forse perché sei donna. Anche se tua nonna mi sembra proprio il tipo che segue alla lettera certe usanze."

"Non ho la minima idea di cosa sia."

"Lo *shōbu*, quello della Festa dei bambini, il 5 maggio. È famoso. Si mettono delle foglie di questa pianta profumata nella vasca da bagno per scacciare le maledizioni, ed è anche di buon auspicio per la salute. E poi si mangia il *mochi* avvolto in foglie di quercia. Ma sei davvero giapponese o no?"

"Ah, ecco perché quel giorno tutti i negozi vendono il *mochi* nelle foglie di quercia. Dello *shōbu* non ne sapevo nulla."

"Io non so niente di piante, però il profumo fresco dello *shōbu* mi piace molto, inoltre mi fa pensare ai bei tempi della mia infanzia. Mia madre faceva dei bei mazzetti. Quando aprivo la porta del bagno usciva quel buon profumo insieme al vapore."

"Chissà perché proprio lo *shōbu*."

"Be', è una pianta di stagione. E ha un buon profumo. E poi, visto che è un'usanza che riguarda i bambini maschi, sicuramente c'entra anche il fatto che sia un omofono della parola '*shōbu*', competizione. Mi è tornata in mente la volta che mio padre ha fatto il bagno con me, un ricordo che avevo rimosso. Fece fischiare gli steli dello *shōbu*: se li svuoti emettono un suono squillante."

"E così anche Kaede è stato bambino. Quest'anno, il 5 maggio, farò in modo di comprartelo."

La famiglia di quell'uomo così in gamba doveva averlo coccolato tanto, quando era bambino. Lo *shōbu* che sceglievano per lui doveva avere una consistenza e un profumo speciali. E anche Atsuko faceva parte del quadro, che a me appariva come una visione paradisiaca.

Il loro paradiso non era un'opera d'arte come il giardino di Takahashi, tuttavia non mostrava segni di oppressione né vuoti, né cupe insicurezze. Era un mondo limitato, come il ricordo di un'estate troppo breve di un bambino piccolo con i suoi genitori, quando erano ancora sani e forti.

"Potrei anche provare a raccoglierlo io stessa."

"È vietato strappare le piante nei parchi pubblici, lo sai?" rise Kaede.

"Basta un profumo a evocare i bei ricordi, e questo può

anche salvare una persona. Forse è più efficace di qualsiasi medicina."

A proposito, dopo che Shin'chirō e io ci eravamo lasciati, una volta avevo raccolto delle foglie di *kumazasa* in una zona di montagna appena fuori città e le avevo immerse nella vasca da bagno. Misi a essiccare la parte che avrei usato per i sali e provai a usare il resto delle foglie così com'erano, giusto per il bagno di quella sera.

Il *kumazasa* ha l'odore del luogo in cui sono cresciuta. È un ricordo della nonna.

Quando il calore dell'acqua fece sprigionare quel profumo così particolare e delicato, sentii il corpo fondersi in un abbraccio rassicurante.

Tutto ciò che di buono c'era stato, ciò di cui avevo nostalgia, ciò che aveva fatto di me la persona che ero, in quel momento mi stava abbracciando. Come una luce, come uno spazio esposto al sole, come il pavimento asciutto di quella casa che mi mancava così tanto.

Strofinai sulla guancia una foglia avvizzita di *kumazasa* e dissi: "Grazie".

Sentivo solo gratitudine verso tutte le foglie di *kumazasa* del mondo. Era una sensazione così forte che non mi sembrò impossibile che l'eco delicata della mia gratitudine raggiungesse davvero tutte le piante del mondo.

Ed era reale gratitudine. Non era solo gentilezza, né avevo pronunciato una parola vuota: mi veniva dal cuore.

E provavo gratitudine per il fatto stesso di poterla provare.

Il *kumazasa* era vivo, io ero viva, e ci eravamo incontrati e voluti bene. Stavamo fianco a fianco, come quando si sta insieme a qualcun altro. In quella piccola sala da bagno, due vite stavano fianco a fianco.

"È bello però che sia una cosa che si fa solo una volta in un anno, non ti pare?" disse Kaede come se niente fosse, all'oscuro delle mie riflessioni. Poi continuò: "Bene, sono contento che a maggio ci sarai ancora".

Stupita, replicai: "Ma maggio è tra pochissimo, certo che ci sarò. Perché pensavi che non ci sarei stata?".

"No, così..."

Kaede aveva sempre evitato di pronunciarsi su Shin'chirō.

"Ho pensato che magari ti saresti potuta trasferire lontano per stare con il tuo ragazzo."

"Perché quei tuoi poteri favolosi ti fanno capire che lui adesso è lontano, ma non se io continuerò a lavorare o no?" chiesi ridendo.

"Gli dèi mi hanno fatto in modo tale che non riesco a prevedere le cose che mi riguardano direttamente," rispose un po' imbarazzato.

Ci penso anch'io di tanto in tanto. Se avesse avuto occhi migliori, Kaede sarebbe stato inarrivabile e sarebbero stati proprio gli dèi a perderlo di vista, quindi hanno fatto in modo che non vedesse bene: volevano stare a guardarlo. Però mi vergognavo e quindi non glielo dicevo.

"Tranquillo, non me ne andrò. Non c'è niente a cui tenga più di questo lavoro."

Kaede sorrise felice e io chiusi quel sorriso nel cuore come se lo stessi stringendo a me.

C'era una cosa che non avevo mai detto, anche se più e più volte ero stata sul punto di farlo.

Ho pensato che un giorno Shin'chirō morirà. Non ci ho riflettuto a fondo, mi è solo venuto in mente. Che avremmo vissuto insieme e che un giorno sarebbe morto. E mi sono chiesta come avrei fatto se fosse morto prima di me. Mi sarei sentita sola, preoccupata, spaventata.

Ma quando ho pensato alla morte di Kaede mi sono detta che avrei dovuto cercare di vivere più a lungo di lui. Che avrei dovuto stargli accanto negli ultimi momenti. Non sapevo se allora sarei stata ancora così vicino a lui, ma intanto questo era il pensiero che mi aveva attraversato la mente.

Poi mi sono resa conto di una cosa. Di Shin'chirō ero innamorata, ma i miei sentimenti per Kaede andavano ben oltre. Non avrei saputo dire se fosse amore.

Il brutto era che un altro amore avrebbe avuto spazio per crescere, ma con Shin'chirō ero arrivata a un punto morto, quello della dipendenza, e non ne sarei mai venuta fuori. Non c'era più niente che Shin'chirō e io potessimo fare, nessuna prospettiva all'orizzonte.

Ma il sentimento che provavo per Kaede continuava a crescere come acqua che sgorga dalla fonte. Ed era stato così dal giorno in cui l'avevo incontrato.

E nella realtà mi sentii un po' triste.

Poco prima, Kaede aveva pronunciato la parola "lontano". Conoscevo i suoi poteri, non c'erano dubbi che avesse visto giusto. Shin'chirō ormai vive vicino a casa di Takahashi.

E così sei corso subito da lei, eh, Shin'chirō? Siete proprio fatti l'uno per l'altra, pensai. Non che nutrissi qualche aspettativa. Però non mi ha aspettato nemmeno per un poco, pensai.

Sapevamo che ormai era finito tutto, ma la parte di noi che era innamorata dell'altro aveva dato vita all'idea di andare a vivere insieme. Era solo quella minuscola parte che mi causava ancora quel dolore lancinante.

Da qualche parte sotto il mio stesso cielo, sicuramente anche Shin'chirō provava un dolore come quello. Era la sola cosa che ci unisse, ormai. E ne ero contenta. Forse almeno una volta al giorno pensava a me. Anche se mi odiava, pensava a me.

Fui a lungo indecisa se cambiare il cellulare.

Il mio era vecchio ed ero riuscita a usarlo per parecchio tempo, quindi era pieno dei messaggi divertenti che ci mandavamo quando vivevamo separati, e mi sembrava pesantissimo, mi disturbava persino portarmelo in giro. Provavo a cancellarne uno al giorno, ma puntualmente mi mancava il coraggio e cominciava la triste lotta con la parte di me che voleva tenerli.

Non potevo credere che un banale strumento come il telefono potesse caricarsi di significati così destabilizzanti. Anche quella doveva essere la magia della città, come era stato con la tv.

In ogni caso, la sua telefonata non arrivò mai. Per un po' l'avevo aspettata, ma non arrivò. Come pensavo, aveva preso in affitto un appartamento laggiù.

La comunicazione giunse dopo qualche tempo, con una cartolina. Ah, davvero? Ancora non sei andato a vivere a casa sua? Mah, è solo questione di tempo, sai? Tra me e me inveivo contro di lui, ma vedendo la sua grafia mi venne da piangere.

Prima di allora l'avevo vista soltanto quando compilava il formulario alla reception della nostra pensione. Mi tornò in mente lui che scriveva il proprio nome, la schiena curva. Lui che scriveva il mio nome. Sicuramente aveva la stessa postura mentre scriveva quella cartolina e, sicuramente, nello scrivere il mio nome si era ricordato della reception della pensione.

Oltre la reception c'era una grande sala dove, dopo aver fatto il bagno, consumavamo la cena... Si sarà ricordato come ci sentivamo? Tutta l'allegria, l'entusiasmo?

Anche se non aveva il becco d'un quattrino, Shin'chirō si prese le sue responsabilità, promise di versarmi metà dell'affitto per sei mesi e lo fece, ma io non avevo nessuna voglia di mettermi a cercare un altro appartamento solo per me adesso che mi ero appena trasferita. Avevo un lavoro sicuro, e anche se avrei dovuto tirare un po' la cinghia decisi che avrei vissuto lì almeno per i due anni previsti dal contratto.

Eravamo andati insieme all'agenzia immobiliare, tutti contenti... Era successo davvero? Ogni volta che ci pensavo, capivo che sarebbe stato troppo doloroso mettermi a cercare un altro appartamento. Qualsiasi cosa facessi, sembrava che il mondo intero avesse solo ricordi tristi da offrirmi: era un supplizio.

Inutile dire che Kaede se n'era accorto, e da tempo.
Aveva capito anche cosa era successo. Ma non mi disse nulla. Capitava spesso che di punto in bianco mi rivolgesse occhiate preoccupate.

Ed è inutile dire che io mi ero accorta che lui se n'era accorto. Più di una volta, prima ancora che mi dicesse di Shin'chirō che abitava lontano, avevo intuito di essere stata smascherata, che Kaede sapeva perfettamente che ero ridotta a uno straccio.

In momenti come quello, mi sentivo pervasa da un senso di sicurezza che era come un abbraccio, e sorridevo. Posso stare tranquilla, sono stata io a deciderlo. Non avrei potuto vivere con una persona che desidera essere altrove, fare altre cose, stare accanto a un'altra donna, sarebbe stato come avere soltanto il suo corpo... In cuor mio, mi davo questa risposta. E ritrovavo la serenità.

Kataoka, che era ottuso, quando ci incontravamo mi diceva cose tipo: "Ti diverti a vivere con il tuo ragazzo? Ti sono venute le occhiaie, sporcacciona!" ma io non avevo la forza di dare spiegazioni, quindi mi limitavo a sorridere e mi rituffavo nel lavoro. Vivevo alla giornata, in attesa che il terreno dissestato del mio cuore tornasse a posto.

Volevo solo essere lasciata in pace.
I giorni passavano, e goccia a goccia accumulavo l'acqua che mi avrebbe guarito... Era tutto ciò a cui mi aggrappavo.

Sapere che è giusto separarsi è una cosa, ma recidere per davvero il legame che ci unisce a un'altra persona è diverso.

La separazione in sé era stata rapida, ma per il resto sarebbe stato necessario molto più tempo.

Quel giorno un cliente cancellò l'appuntamento.

Non succedeva spesso, quindi gli chiesi di versare una penale, rifeci il programma della giornata e, tirando un sospiro di sollievo, misi tutto a posto e mi dedicai al lavoro amministrativo.

Alcune persone avevano paura di farsi predire il futuro, e quindi dopo aver prenotato ci ripensavano.

Kaede non avrebbe voluto prendere la penale, ma Kataoka aveva detto: "Le persone così tendono a fare la stessa cosa più volte, quindi è meglio chiedere una piccola somma".

Io vedevo la cosa in modo molto razionale: Kaede era sempre pieno di appuntamenti, quindi in quei casi aveva l'occasione di prendersi un po' di tempo per sé e riposarsi.

Il modo in cui si percepisce il proprio lavoro cambia enormemente a seconda di come si gestiscono situazioni del genere e di come si difendono certi spazi.

Se una persona generosa come Kaede avesse operato da sola, probabilmente le cose non sarebbero filate così lisce.

"Non è che voglia arricchirmi, voglio solo che Kaede riesca a mantenere l'attuale tenore di vita: chi lo sa fino a quando resterò? Potrei anche andarmene dopo l'ennesima lite."
Così si lamentava Kataoka quando parlava di soldi.

A ogni modo, l'idea della penale aveva una sua efficacia, c'erano stati due casi di persone che non avevano pagato e non erano mai più venute (Kataoka diceva che comunque persone del genere era meglio perderle che trovarle), mentre quelli che, dopo aver pagato, prendevano un altro appuntamento, si presentavano con un desiderio ancora maggiore di ottenere informazioni.

Non voglio dire che le direttive di Kataoka fossero sempre valide, ma riusciva sempre a far capire con quale spirito le stabilisse.

Per noi era più semplice interagire con chi veniva con un'idea chiara di ciò che desiderava ottenere, piuttosto che con quelli che si affidavano totalmente a noi. E anche per Kaede, credo. Quando vengono e ti dicono che si fidano di te sembra che ti stiano aprendo il loro cuore, ma in realtà tengono le porte serrate, e il tentativo di aprirle è uno spreco di energia.

Quel buco fu un regalo inaspettato per Kaede.

Il tempo volgeva al brutto, nel cielo brillava una luce grigia e nubi nere minacciavano pioggia da un momento all'altro.

Per via della pressione bassa, Kaede aveva un leggero mal di testa, quindi avevo riempito una borsa d'acqua calda e gliel'avevo appoggiata sul collo, dopodiché avevo preparato un tè per riscaldarlo.

Non avevo voglia di lasciare quel lavoro, ma non sapevo cosa sarebbe successo da quel momento in avanti, magari a un certo punto mi sarei dovuta allontanare. Per questo, cercavo di non viziarlo troppo e di fare al meglio ciò che dovevo fare. Che senso avrebbe avuto viziarlo? È una magia nera che impedisce all'altro di allontanarsi da noi. E io non volevo fare una cosa del genere a Kaede.

Desideravo solo concludere quella giornata nella condizione migliore.

Ma Kaede mi rivolse la parola, indicando il ciondolo di giada che mi pendeva sul petto.

"È da tanto che te lo volevo chiedere: mi fai vedere quella pietra?"

Rifiutai dicendo che non era il caso che lo facesse proprio quando si sarebbe potuto riposare, ma lui rispose che ormai aveva preparato "gli occhi" e quindi li voleva usare. Erano gli occhi del cuore, il secondo paio d'occhi.

Annuii: doveva essere un po' come quando una gara viene annullata nel momento in cui l'atleta ha appena finito di fare riscaldamento.

Kaede prese delicatamente tra le mani il serpente rotondo che portavo al collo.
"Vedo tua nonna che seppellisce delle ossa in giardino."
"Eh? Le ossa di chi? Non saranno mica di mio nonno? Dei miei genitori?" chiesi stupita.
Io dei miei genitori non so niente.
"No... Non è così, ma tua nonna lo sa. Solo che... Non lo so spiegare, ma non è che lei abbia ucciso qualcuno... Questo vedo."
Non capitava spesso che Kaede dicesse cose tanto delicate in modo così diretto. In ogni caso, pensai con sollievo che la nonna non aveva ucciso nessuno. Non mi stupirebbe se scoprissi che nel passato della nonna c'è una storia del genere.
"A dire il vero... Quand'ero piccola, un gatto randagio che veniva sempre nel nostro giardino morì, e poiché lo volevo seppellire vicino alla gardenia scavai una buca."
Era un segreto che per tutto quel tempo avevo custodito nel cuore, cercando di non pensarci, e non ne avevo parlato a nessuno. Nemmeno alla nonna.
Quando provavo a dirlo, le parole mi si bloccavano in gola.
Fu allora, davanti a Kaede, che mi resi conto di quanto quell'episodio mi angosciasse.
"In quel momento... Vennero fuori delle ossa umane. Parti di cranio. Le guardavo e le riguardavo, ma si vedeva che non erano ossa di cane o di qualche altro animale, ma umane."
"Ah."

Kaede non si sorprese più di tanto. Per il lavoro che faceva, era allenato a nascondere la sorpresa.

"E poi?"

"Le ricoprii e le lasciai dov'erano, poi seppellii quelle del gatto lì accanto. Forse per via del calcio, da quel momento in poi le gardenie hanno avuto un'ottima fioritura ogni anno. Tutto qui. Non ho mai chiesto niente alla nonna, ma cosa c'entra questo con la mia pietra?"

Quando la nonna era di cattivo umore, oppure nei momenti in cui percepivo che persona speciale fosse, il ricordo delle ossa si metteva in mezzo. Anche quando riflettevo sul fatto di non avere i genitori, ogni volta che mi dicevo che non dovevo chiederle nulla, provavo di nuovo le sensazioni di quando vidi quelle ossa bianche spuntare dal terreno.

"Ovviamente vuoi sapere se tua nonna c'entri o no, non è vero?"

"Esatto."

"Stando a ciò che vedo, è più o meno informata, ma non ha ucciso nessuno."

"Bene..."

Non andava affatto bene, ma intanto dissi così.

Mi chiedevo se qualcuno le avesse trovate, se riposassero ancora in mezzo alle montagne. Con l'avanzare dei lavori prima o poi avrebbero contattato la nonna o me? E qualcuno sarebbe stato arrestato?

Ci pensavo spesso, ma poi il tempo passava e me ne dimenticavo. Cercavo di dimenticarmene, come si fa con i brutti sogni. A pensarci era un evento di una certa importanza, ma io ero una bambina, ed eravamo in mezzo alle montagne, per questo l'avevo risolta così.

"Quel serpentello cerca sempre di aiutare gli esseri umani. Prima di assumere questa forma, si trovava nella casa di una persona gentile, ed era un pezzo unico. L'avevano posizionato all'ingresso, credo. E proteggeva gli abitanti di quella casa. I componenti della famiglia hanno pensato di dividerlo in varie parti per tenerne un po' ciascuno, ecco perché ha preso questa forma. E questa piccola macchia nera..."

Nonostante non ci vedesse bene, Kaede indicò quel punto nero piccolo come un granello di sesamo.

"Quando ha seppellito le ossa... E questo è importante: non ha seppellito un essere umano, ma delle ossa. Insomma, ha assorbito la decisione della nonna, ma, adesso che la porti tu, sparirà. E ne è felice.

È un po' strano dire che un oggetto è felice, ma non saprei in che altro modo spiegarlo. La pietra ha accumulato poco alla volta l'energia di coloro che la guardavano ogni giorno, ed è arrivata a possedere una forza vitale.

E se andrai a Taiwan, fa' in modo di mostrarle la natura di quel luogo: vedrai che ti ripagherà. A proposito, penso che andrai a Taiwan, Shizukuishi. Lo vedo."

Kaede mi aveva detto la stessa cosa della nonna.

"Taiwan... Anche Atsuko me ne ha parlato. Ma non credo che avrò l'occasione di andarci. Però mi ha detto che se fossi andata mi avrebbe presentato una persona in grado di riparare gli oggetti di giada."

"Io non posso, ma Kataoka vuole andarci per raccogliere materiale su una pratica divinatoria fisiognomica. Perché non ci vai anche tu in qualità di assistente? A dire il vero, al di là di questa pietra, non ho molta voglia di andare con lui a Taiwan. Invece mi sembra di visualizzare l'immagine di te e Kataoka che ci andate insieme. Quando gliel'ho detto, lui mi ha risposto che per lui andava bene. In genere sono io ad andare con lui in queste occasioni, ma questo mese sono stato molto impegnato e mi vorrei riposare, inoltre rischierei di essergli d'impiccio, trattandosi di un viaggio che prevede molti spostamenti."

A quante cose pensava...

"Se si tratta di cancellare o rifare una prenotazione me ne

posso occupare io, sai? E poi credo che a lui sarei molto più d'intralcio. Lo faccio sempre innervosire, non vorrà mai fare un viaggio con me."

"Mah, non lo so. Provo a chiederglielo un'altra volta," disse sorridendo. "Però, sai, per te sarebbe anche una distrazione. Credimi, io non ho proprio voglia di viaggiare adesso."

"Ma sono sicura che lui non vorrà," risi.

Ci furono alcuni minuti di silenzio. Provai a immaginare me e Kataoka insieme a Taiwan, ma non stavo bene e non ci riuscii. In quel periodo, anche se dovevo spostarmi all'interno del quartiere mi sentivo pesante come se stessi trasportando un masso: volevo solo stare a guardare lo scorrere dei giorni.

"Vedi, c'è un motivo se le persone si incontrano. Ogni incontro nasconde una promessa, e quando questa viene meno non si può più stare insieme."

Kaede mi rivolse queste parole all'improvviso.

"Smettila! Tu e queste tue letture! Guarda che non ti ro fuori neanche un soldo!" Avrei voluto ridere, ma avevo il volto contratto e non ci riuscii.

"Non ce n'è bisogno. Ti ho solo detto come la penso. Una semplice riflessione seguita all'esame della pietra di tua nonna. Se vuoi ringraziare qualcuno, è a lei che ti devi rivolgere."

Il suo tono di voce era gentile. Se dici sempre cose del genere con uno sguardo così dolce, i tuoi clienti finiranno tutti per innamorarsi di te, gli avrei voluto rispondere.

"Però avevi detto che saremmo stati per sempre insieme."

Le parole uscirono da sé e ormai non potevo più ritirarle.

"Come un genitore, pensavo," disse Kaede con un'espressione triste. "Io... Noi lo avevamo intuito. Che non se la sentiva di lasciarti sola. Non è che non ti amasse. Ma eri troppo. Non come donna, ma come presenza: eri troppo. Non poteva starti accanto come se niente fosse. Avrebbe dovuto metterci tutto l'impegno per evitare che la tua forza lo travolgesse.

Ma lui aveva sempre amato quella donna, sempre. Ed era il solo a non essersene reso conto. Non ha mentito. Ma avrebbe fatto qualsiasi cosa pur di starle accanto, e adesso ha capito che la sua presenza lì è indispensabile. È semplicemente arrivato il momento.

Ecco perché, sin dall'inizio, nei tuoi confronti ha mostrato della ritrosia, Shizukuishi. Ma allora aveva bisogno di te, e l'attrazione che provava era reale. Lui però è una persona che cede facilmente quando sa di essere necessario a qualcuno, e mentre tu hai noi, quella donna non ha nessun altro, e lui lo ha capito subito.

E anche tu te n'eri accorta. Chiediti se avessi davvero voglia di vivere con lui. A me non sembravi affatto entusiasta. Anche Kataoka mi ha detto la stessa cosa. Ed è impossibile che una persona intuitiva come lui non se ne fosse accorta. Credo che fosse davvero un bravo ragazzo. Ha fatto tutto ciò che poteva. Il vostro tempo era semplicemente passato. Prima o poi sarebbe accaduto, quindi è un bene che sia stato prima."

Parlò tutto d'un fiato.

Kaede aveva capito tutto, e la sua lettura, da amico e non da sensitivo, coincideva perfettamente con la mia, il che mi rese felice.

Ciò che mi aveva detto corrispondeva alla mia visione, e non aveva cercato né di edulcorare quella realtà né di consolarmi. Dentro di me mi illudevo ancora che Shin'chirō restasse deluso da quella donna e ritornasse nel mio mondo, ma finalmente anche quel barlume di speranza si era affievolito, fino a svanire.

E il cuore si lasciò andare.

"Ma i genitori non vanno via. Voleva dare a vedere che lui non lo era. Ma io questo lo sapevo. Volevo solo sognare un po'." Non ero triste, ma, nel momento in cui pronunciai queste parole, sentii scendere le lacrime.

"Be', direi che adesso siamo noi i tuoi genitori: tua nonna ce lo ha chiesto espressamente," disse Kaede, con voce calma.

Poi mi strinse forte la mano. Le sue dita erano così sottili che sembravano sul punto di spezzarsi. Eppure riuscirono a tirarmi fuori dalla trappola in cui mi ero cacciata, quella dell'autocommiserazione, mi avevano fatto capire che lì, di fronte a me, c'era qualcuno che aveva capito tutto. Non ero una vittima. Era stato il corso degli eventi a condurmi sin laggiù.

Dirsi che si è una vittima, che si è stati presi in giro, che gli altri sono cattivi, anche se non è vero, può farci sentire meglio per un po', ma prima o poi la realtà ci cascherà addosso.

È molto meglio affrontare la verità, anche quando è dolorosa come una lacerazione nella carne.

Kaede continuò a stringermi forte la mano.

"Da vicino emani lo stesso odore di colonia di Kataoka, che schifo! Tu e lui siete insopportabili, sembrate due demòni gemelli, non la smettete mai. Sembrate delle suocere intenzionate a interferire nella mia storia d'amore."

"E non sei contenta?" Così dicendo, mi cinse le spalle con un braccio e mi diede un buffetto con dolcezza.

Mi ripresi un poco e mi allontanai da lui.

"Mi troverò un ragazzo qui nel quartiere e, dite quel che volete, ma troverò anche il tempo di farci un bambino. Puoi stare tranquillo."

"Sì, Shizukuishi, credo che questa sia la cosa migliore. In fondo sei venuta dalle montagne per conoscere quante più persone possibile e per divertirti. Non solo per incontrare lui. E spero che un giorno animerai anche un poco la situazione di questa casa. Sai, io e Kataoka possiamo stare insieme per sempre, ma di bambini non ne potremo avere mai," disse ridendo.

"Quindi significa che fino ad allora potremo stare qui tutti insieme."

Io lo sapevo. Sapevo che il desiderio di stare insieme per sempre non era che un'illusione.

Nel mio sogno, però, avrei voluto dirlo a Shin'chirō. Anche quando ci stavamo lasciando. Ma non ci ero riuscita.

"Stiamo per sempre insieme!": una promessa fragile, un piccolo incantesimo in grado di regalare il sorriso a coloro che lo pronunciano. Serve a tranquillizzare l'altro, a fargli sentire la propria presenza.

E Kaede aveva fatto ricorso a quel piccolo incantesimo.

Non disse niente ma continuò a tenermi stretta la mano.

La sua mano era calda ed ebbi la sensazione che mi trasmettesse dell'energia. Me la portai alla fronte e piansi singhiozzando. Potevo ancora piangere, avevo un posto dove piangere. Pensavo solo a quello.

Ed era davvero un bene che a Kaede non piacessero le donne: non ne fu mai convinta come in quel momento.

Ero così debole che, se qualcuno si fosse approfittato di me, ne sarei uscita molto male.

Immagino che situazioni del genere accadano spesso.

Pochi giorni dopo, Kataoka venne a casa e, non appena mi vide, disse: "Allora ti sei lasciata con quello lì. Mah, meglio così".

Risposi, ma giusto per rispondere qualcosa: "Non è affatto meglio, anzi, è un disastro".

"Ma scusa, cos'è che trovavi di così interessante nello stare con quello lì? Non era una noia mortale?"

"Mah, era sempre meglio che stare con lei, signor Kataoka."

"Nessun sogno, nessun desiderio: che avevate in comune? Non ne sarebbe venuto fuori niente," rispose serio Kataoka.

"Tanto per cominciare, eravamo maschio e femmina, quindi un bambino avremmo potuto farlo."

"E quella sarebbe stata veramente la fine! L'ergastolo! Era la sua mentalità a essere una prigione, e tu ci saresti finita dritto dritto. Oh, che cosa deprimente, io non potrei mai! Mi è bastata un'occhiata per capire che era un tipo tetro. Uno come quello sarebbe stato capace di ammazzare una donna a coltellate pur di difendere chissà quale assurda eredità," ribatté ridendo.

"Sa, ho talmente la sensazione che su qualcosa ci abbia visto giusto che non so che dire." Eravamo andati così oltre che scoppiai a ridere. Presumo che molti, nella mia condizione, non sarebbero riusciti a ridere, ma a me sembrava stranamente buffo.

"Senza contare che quel tipo è una persona perbene, o mi sbaglio? A furia di stare con te rischiava di mandare tutto a rotoli."

"Uhm... Sì, forse è così."

"Non ti amava quanto pensi tu. Io lo sapevo più che bene. Non che sia uno particolarmente bravo con le parole, ma è gentile, capisce ciò che una persona vuol sentirsi dire e lo dice. Ecco perché si è sposato e poi ha divorziato. Quando desideri qualcuno lo fai con una tale energia che ci si sente in dovere di rispondere in qualche maniera ai tuoi sentimenti."

"E lei che cosa ne sa? Non la desidero affatto, signor Kataoka."

Sì, me lo ricordavo. Che quella volta la madre di Takahashi e Shin'chirō mi erano apparsi come soggetti appartenenti alla stessa razza, e contemporaneamente avevo pensato a Kataoka come una persona della mia, e mi ero sentita legata a lui. Non racconta frottole, non dice mai ciò che non pensa per davvero, neanche allo scopo di consolare qualcuno.

E grazie alla prospettiva semplice di Kataoka avevo capito che la mia era solo una banale delusione sentimentale.

Pensavo che Shin'chirō avrebbe amato sempre e soltanto me, ma mi sbagliavo. Sicuramente c'era stato un periodo in cui le cose erano andate così, ma io non l'avevo vissuto come un periodo felice: era iniziato e finito come una sequenza di giorni del tutto normali.

E intanto quei due mascalzoni mi guardavano dall'alto mentre ero distratta, e presagivano che sarebbe andata a finire in questo modo...

Adesso finalmente lo avevo capito.

Accidenti! mi dicevo, ma allo stesso tempo ero felice. Ero davvero felice che non si fossero intromessi. Così, senza nessun pregiudizio, avevo potuto vedere con i miei occhi come sarebbe andata a finire la nostra storia.

"Con mio grande dispiacere, ho deciso di portarti con me. Nel mio viaggio di lusso a Taiwan."

"Non so che farmene della sua compassione, sto più che bene ormai."

"Nessuna compassione: ti occuperai di tutto, dalla prenotazione dell'albergo al noleggio dell'auto, e poi le pratiche per il check-out e le spese. E vedi di darti da fare senza lamentarti. Ormai è deciso. L'unica persona da cui devo andare da solo è il sensitivo che mi parlerà del *mogu*, perché me lo ha chiesto lui."

"...Certo, qualsiasi cosa serva, sarò a disposizione. Ma non farà prima a occuparsi lei di tutto? E Kaede che farà nel frattempo?"

"Ci sono anche momenti in cui non mi va, quindi vieni, perché ho bisogno del tuo aiuto. Se te lo chiedo per favore... E anche da parte di Kaede. Dice che se vado da solo, potrei tradirlo, visto il mio fascino. E poi vuole starsene l'intera settimana a casa a riposare. Come vedi, è tutto perfetto, quindi smettila di accampare scuse. Ricordati che sono il presidente dell'azienda per cui lavora il tuo diretto superiore."

"Va bene, ho capito. Inizio le pratiche."

Mi arresi. Cosa potevo fare, dopo che aveva giocato l'ultima carta?

Trasmisi all'agenzia di viaggio a cui eravamo soliti rivolgerci tutte le informazioni relative alle nostre preferenze per l'albergo e alle date, e mentre lo facevo scoprii che non vedevo l'ora di partire. È Taiwan, era verso Taiwan che puntavano tutte le frecce.

Proprio quando Kataoka stava per uscire dalla stanza, lo chiamai.

"Senta... Le posso fare una domanda?"

"Dimmi."

"Ho come la sensazione che lei non abbia mai avuto problemi di questo tipo, ma le è mai capitato di essere lasciato in modo crudele?"

Kataoka fissò il vuoto per qualche istante, poi, dopo averci riflettuto, rispose: "Non in modo così crudele come è successo a te".

"È uno screanzato, lo sa?"

"Però ci sono parecchie cose che non riesco a dimenticare."

"Cose che non riguardano Kaede?"

"Il nostro mondo è un bel casino sotto parecchi punti di vista, ma non è di lui che si tratta, in questo caso."

"Di che periodo stiamo parlando?"

"Una decina d'anni fa, credo. Una persona che mi piaceva sul serio. Una sensitiva che pare discendesse da una strega, abitava a Torino, in Italia, e anche la polizia locale si fidava di lei. In realtà amava molto i bambini e avrebbe desiderato diventare una maestra d'asilo. Era fragile di costituzione e non poteva avere figli."

Kataoka aveva un'espressione molto triste.

"Era una donna, quindi?" domandai io. Mi aveva molto stupito che si trattasse di una donna.

"Una donna, sì. La prima e l'ultima. Portava i capelli molto corti, di seno neanche l'ombra, era tutta pelle e ossa e le brillavano gli occhi. Era una bravissima sensitiva e, come Kaede, se ne stava sempre rintanata in casa."

Kataoka si mise a ridere.

"Cos'è che non riesce a dimenticare di lei?"

"La sua sofferenza. Quando la notte non riusciva a dormire sentivo sempre il desiderio di starle accanto."

La risposta di Kataoka era stata immediata, non aveva dovuto nemmeno pensarci.

"Prima ancora di compiere trent'anni, a causa forse del troppo lavoro, le venne un tumore alle ovaie e morì. Era così brava che lavorava senza mai darsi un limite: qualcosa dentro di lei deve averne avuto abbastanza. Era una persona estremamente spirituale, e sapeva perfettamente quando sarebbe arrivata la sua ora. Scherzava sempre dicendo che sarebbe morta prima dei trent'anni.

Io sono stato lasciato subito, ciononostante dato che lei piaceva molto alla gente, si può dire che sia stato attraverso lei che in Italia mi sono procurato tutti i contatti che ho con questo ambiente. Forse ha capito che ci tenevo per davvero. Forse, se oggi lei ci fosse ancora, non mi occuperei del management di Kaede e vivrei a Torino per darle una mano."

E così anche lei faceva un lavoro simile a quello di Kaede e, anzi, si misurava con vicende criminali, quindi ancora più faticose... Ipotizzai. Tempo addietro Kataoka aveva dato a Kaede del rammollito per via della sua delicatezza di carattere, e ora capivo che, forse, in quel momento lo aveva paragonato alla donna di cui era stato innamorato.

"Capita a tutti, non è vero?" dissi.

"Sì, capita a tutti. Non pensare di essere la sola a soffrire. E vedi di dimenticare presto."

Basta pensare a tutte queste cose, pensa soltanto al lavoro: il mio umore era cambiato. Per qualche motivo, era sufficiente che mi avvicinassi a Kataoka perché ciò avvenisse. È il tipo di persona che ti fa venire voglia di darti da fare.

Mentre consultavo il sito della compagnia aerea per prenotare il volo, mi sentii improvvisamente emozionata. Ero libera.

Sino a quel momento, mi ero sempre spostata nei luoghi che frequentava Shin'chirō, mentre adesso potevo pensare solo a me, viaggiare per incontrare chi desideravo incontrare. Mi bastò rifletterci su per sentirmi meglio.

Quando si lascia andare qualcosa, ci si assicura una porzione di spazio in più. Basta rivolgere lo sguardo in quella direzione per sentire arrivare nuovi profumi.

E poi c'è qualcosa di buono che non si capisce finché non si è attraversato un periodo difficile.

Non riuscivo mai a dormire profondamente, e mi capitava spesso di ritrovarmi, all'alba, mezza sveglia e mezza addormentata.

Se finivo presto di lavorare e non avevo nulla da fare, quando non mi veniva nemmeno voglia di aprire gli scatoloni portati a casa durante il trasloco, mi sentivo triste e sola e me ne andavo alla solita *izakaya*.

Come sempre i due proprietari erano lì, intenti nei loro compiti di tutti i giorni: quello era il lavoro della loro vita, e io provai un'istintiva ammirazione nei loro confronti.

Quei gesti riuscivano a infondere tranquillità nelle altre persone, chissà se se ne rendevano conto.

Accortasi che non me la passavo tanto bene, la signora ogni tanto mi rivolgeva, di sfuggita, qualche parola di consolazione.

"C'è chi dice che ti sei presa una cotta, chi che ti sei innamorata, ma qui è come se fossimo tutti dentro alla stessa scatola, e ci sono tante persone che ti vogliono bene e sono preoccupate per te."

"Mi sto dando del tempo."

"Pensavamo che avessi fatto come va di moda adesso quando uno sta male, che ti fossi buttata in qualche nuova religione."

"Se ogni volta che uno sta male dovesse entrare in una setta a quest'ora io sarei in seria difficoltà. A furia di fare donazioni mi sarei indebitato fino al collo," disse il proprietario.

"Ma perché, tu stai anche male?" ribatté la *mama*-san.

"Quando la nostra Shizukuishi si è presentata qui con il suo ragazzo sono stato male, ero convinto che avesse qualche mira su di me," rispose lui.

Mi misi a ridere.

"In casi come questo com'è che si risponde? 'Ma insomma, vecchietto!', no?"

Rise anche lui.

"Ormai sai come va il mondo, eh?"

Ci sono uomini di una certa età ai quali brillano gli occhi di fronte a scherzi del genere.

A me certe cose non sfuggono. Quando a un uomo brillano gli occhi in questo modo, capisco che da qualche parte dentro di lui si nasconde il desiderio di avermi. E non mi piace affatto. Checché se ne pensi, le cose troppo semplici e troppo banali mi infastidiscono. Non mi interessa una società che non dà spazio a persone come il proprietario di questo locale, persone a cui, in certe situazioni, gli occhi non brillano, persone che portano avanti con dedizione il compito di proteggere gli altri. Una società priva di uomini come lui è priva di profondità.

"Non ho neanche risparmi sufficienti a fare donazioni," dissi. In effetti, la gran parte se n'era andata per via del trasloco. Avevo l'affitto da pagare, e tutte le spese ordinarie.

Anche se non mi sentivo soffocata, perché ero nel pieno del piacevole processo di familiarizzazione con il nuovo appartamento.

"È un po' che da queste parti capita spesso, sai? Si riuniscono nel parco la mattina e organizzano un sacco di eventi nella sala comunale," disse la signora. "È vero che hanno tempo e soldi da buttare, però... Io, se devo riflettere sull'amore o sull'universo, preferisco andare a leggermi un libro in biblioteca. Credo che sia di gran lunga meglio che farsi istruire da un vecchio giapponese che si fa chiamare 'maestro'."

"Anche tra i vostri clienti c'è qualcuno che è entrato in una setta?"

"Non tra i nostri clienti, però c'è qualcuno la cui moglie lo ha fatto."

"E com'è andata a finire?"

"Pare che se ne sia andata via di casa, lontano chissà dove. Avendo un figlio già adulto, vivevano da soli, fatto sta che una mattina la moglie ha preso e se n'è andata a Yamanashi, mi pare, o da qualche altra parte. Lui viene ancora a cenare tutte le sere. Penso che tu l'abbia anche visto, Shizukuishi," disse il proprietario.

"La moglie di qualcuno entra in una setta, la cosa ha una risonanza in questo locale e io vengo a saperlo... Al mondo è tutto collegato, vero?" dissi con una certa emozione.

"Proprio così, quindi vedi di rimetterti presto," rispose lui. "Quando tu starai meglio, qualcun altro subirà la tua influenza: gli esseri umani funzionano così."

Era uno di quei discorsi tipici che fanno i gestori di *izakaya*, ma in quel momento mi colpì.

Non dovevo sforzarmi di stare bene a tutti i costi, ci sarebbe voluto ancora del tempo prima che potessi tornare a vedere le cose in modo normale. Nel momento stesso in cui me ne resi conto, smisi di chiedermi che ne sarebbe stato di me d'ora in avanti. Avrei esercitato un'influenza, avevo delle responsabilità. Questo modo di porre la questione non mi faceva impazzire, ma mi avrebbe aiutato a vivere in mezzo alla gente.

"E poi tu hai degli amici davvero speciali, non è vero Shizukuishi? Quei due tipi insopportabili. Quelli valgono per dieci, eh!"

"Sì, lo penso anch'io."

"E poi hai tua nonna. Una grande amica. E ci sono anch'io. Non sei sola. Puoi contare su tutti noi. Con il tempo troverai un nuovo fidanzato. Sei giovane e non sei male né di viso né di portamento. Certo, hai la vita un po' larga..."

"Sì."

Mi venne da piangere ma mi vergognavo, quindi distolsi lo sguardo in maniera innaturale e mi misi a mangiare il *tōfu* fritto e stufato che mi avevano offerto.

Di recente avevo capito che per mangiare è necessaria una gran dose di energia. In passato la nonna e io eravamo sempre molto occupate, quindi mangiavamo come se fosse un lavoro, soltanto per placare la fame. All'epoca mangiare mi piaceva, ma restava un'azione del tutto banale. Adesso, però, quando ero da sola riuscivo a stare giorni e giorni senza mettere nulla sotto i denti. Mangiare mette in circolo il sangue, per di più è un'azione che si svolge stando seduti, e in quelle pause mi venivano in mente troppe cose. Intorno calava il buio e iniziavo a perdere qualcosa di me, come quando un liquido filtra attraverso una fessura.

Era una sensazione che non mi piaceva.

Ma quando assaggiai quel semplicissimo *tōfu* fritto riuscii a pensare, dopo tanto tempo: "È buono, riesco a distinguere il sapore". Il sapore tipico del cibo preparato dagli uomini per altri uomini. Aveva assorbito troppo la salsa, prendendo un colore marroncino che non gli dava un'aria particolarmente invitante, ma il gusto riempiva la bocca con leggerezza, così come le immagini riempivano la mente.

In quel momento percepii con maggiore chiarezza qualcosa che avevo pensato molte altre volte.

"Non ho bisogno di una felicità soltanto apparente: se avessi vissuto per sempre con lui, in quella stanza, sarebbe stata solo l'inerzia a tenerci insieme, e l'ho saputo sin dall'inizio..."

Era il seme del mio desiderio di crescere che con forza si faceva strada nel mio animo. La piccola parte di me che gridava a gran voce di voler conoscere soltanto la verità. L'altra faccia del sentimento tenero che mi aveva avvicinato a Shin'chirō.

Ci pensavo spesso. Non si deve cercare di indirizzare la propria vita solo sulla base di quella parte di realtà che è visibile a tutti, perché è l'altra faccia quella più interessante, quella che cela la luce più intensa e profonda. È solo a un passo dalla fine, quando si è alle strette, che si deve cercare di modificare la propria esistenza.

Per me era stato così quando avevo abbandonato le mie montagne. Una voce dentro di me sussurrava: "Vorrei provare a vivere in un modo diverso," e in realtà era ciò che desideravo.

Ma se mi fossi abbandonata a quel desiderio nel momento sbagliato, lasciando la nonna e andandomene per conto mio, probabilmente non sarei riuscita a trovare la mia strada.

Una cosa è certa: vedere quel giardino aveva determinato una svolta decisiva dentro di me.

Ho perso! avevo pensato. Nessuno lo vedeva, nessuno sapeva... Ecco perché Takahashi era riuscito a star dietro alla propria ossessione. Quel giardino era l'espressione visibile di segreti che prima esistevano solo nella sua testa.

Provavo invidia per la forza di spirito e la perseveranza su cui si fondava quel giardino. Ero ancora immatura, del tutto immatura, e chissà se sarei mai riuscita ad arrivare a risultati come quello. Ma probabilmente ne sarei stata capace. E come avrei potuto arrivarci?

Ci pensavo e ripensavo, tra gli odori dell'inverno, gli occhi levati verso il cielo limpido.

Nella mia testa si ripresentavano in continuazione le immagini di quel giardino. Con l'alternarsi delle stagioni vi sarebbero cresciuti chissà quali frutti, si sarebbero sentiti nuovi odori, fiori sempre diversi sarebbero sbocciati... Insieme alla stratificazione dei tanti toni di verde che in quel giardino si mischiavano e confondevano, mi sembrò di vedere lo scorrere delle sue giornate. Ero "in comunicazione" con l'anima di Takahashi. Con le sue iridi di diamante. Forse anche la donna che Kataoka aveva amato possedeva occhi in grado di emanare una luce così limpida. Una luce fredda e misteriosa, tipica di chi è destinato ad andarsene presto.

Io non so fino a quando vivrò, ma sono una persona così semplice che probabilmente dovrà passare parecchio tempo prima che arrivi la mia ora. Per questo desideravo avvicinarmi almeno un poco a quel giardino.

Mi piaceva Kataoka perché piaceva a Kaede. Mi piaceva il talento di Kaede. E mi piaceva stare a guardare come la gente lo percepisse.

Soltanto io sapevo sforzarmi di tacere cose che avrei voluto dire, simulare noncuranza quando invece avrei voluto aiutare Kaede. Mi piaceva valutare i suoi stati d'animo e, senza lasciarmi coinvolgere, guardandolo con la stessa naturalezza con cui si guarda una pianta, comprendere cosa fosse giusto fare: "Forse vuole del tè", "Vuole che gli porti il fascicolo di quel cliente, forse?", "Potrei portare del tè al cliente, così Kaede si può riposare per una decina di minuti", "Questo qui mi sa che avrà parecchie cose da dirgli: magari a metà seduta li interrompo per portare il tè, facendo attenzione, però, a non deconcentrare Kaede". Era un talento che avevo solo io, riuscivo a capire ciò che era giusto fare e agire di conseguenza, ma senza che gli altri se ne accorgessero.

In quel momento, i miei desideri si erano realizzati. Finalmente, e senza neanche rendermene conto, stavo vivendo una vita che era soltanto mia.

Immersa in questi pensieri, il vento che agitava i rami spogli degli alberi e le persone che camminavano stringendosi nelle spalle mi parvero meravigliosi.

Sperai in cuor mio che anche Shin'chirō riuscisse a provare lo stesso, in quella casa.

Chiusi gli occhi e pregai che fosse così.

Il mio peggior inverno, ormai, era finito.

In primavera le piante di quel giardino sarebbero fiorite una dopo l'altra. E Shin'chirō sarebbe riuscito a distinguerne tutta la bellezza.

Non m'importava di ciò che ne sarebbe stato di lui e di quella donna affascinante, ma il suo mondo sarebbe diventato tutt'uno con quello di Takahashi, come piante si sarebbero intrecciati e, con l'aiuto della forza della natura, un nuovo mondo di ineffabile bellezza si sarebbe aperto davanti a lui.

Quel presagio mi infuse un calore mai provato prima.

Un giorno avrei preso mio figlio per mano e avrei visitato quel giardino. Non per andare a trovare altre persone, ma solo per vedere il giardino. Per vedere come Shin'chirō se ne fosse preso cura. Ancora una volta ci saremmo confrontati tutti, io, Takahashi, Shin'chirō e la madre di Takahashi, e pochi attimi sarebbero stati sufficienti a decretare il risultato di una sfida che, per ognuno di noi, contava moltissimo.

Ma tutto ciò sarebbe avvenuto in un futuro lontano.

Telefonai alla nonna per comunicarle ciò che mi aveva detto Kaede e la mia decisione di andare a Taiwan.

Le telefonate intercontinentali sono costose, ma non mi sembrava il caso di informarla per mail.

Quando ebbi finito di parlare, le domandai: "Di chi erano quelle ossa?".

La nonna rispose, secca: "Non lo so".

"Ma come sarebbe a dire che non lo sai? Sono ossa umane, no!?"

"Me le aveva regalate l'uomo con cui stavo prima di tuo nonno."

"Regalate... Sono ossa umane!"

La nonna parlava con una tale naturalezza che quasi mi dimenticai di quanto fossi turbata.

"Esatto. Le aveva sempre tenute in casa, ma poi, proprio nel periodo in cui vivevamo insieme, è morto."

"E come è morto?"

"Un incidente stradale. Però forse è stato ucciso. Non te l'ho detto, ma è da lui che ho ricevuto quel pendente di giada. Non dal nonno. E poi... Te l'ho accennato nella lettera, comunque lui era di Taiwan. Ecco perché le cose si sono messe in maniera tale che adesso te ne vai a Taiwan. È la pietra che ci vuole andare."

"È un uomo che non riesci a dimenticare?"

"E come faccio?" rise la nonna. "Non voglio affatto dimenticarlo."

"Quindi per te è una pietra importante, non è vero, nonna?"

"E se no perché l'avrei data a te? A questa distanza non posso fare niente per aiutarti a superare la tua delusione d'amore. È una buona pietra, custodisce una grande forza. Se saprai darle amore, ti ricompenserà. Ma, visto che ne hai l'occasione, falla riparare. Trattandosi del consiglio di un'amica d'infanzia del maestro Kaede, sicuramente quell'artigiano sarà in gamba. In questi casi, se non si interviene nel modo più appropriato, si rischia di disperdere il potere della pietra, un po' come in un intervento chirurgico. E una volta che l'avrai fatta riparare, tienila sempre con te."

Naturalmente le avevo mandato una mail in cui la informavo della fine della storia con Shin'chirō. Ero parecchio abbattuta, quindi le avevo scritto con trasporto, ma la risposta della nonna era stata spietata: "Scusa, non l'avevi capito che sarebbe andata a finire così? Non ci posso credere".

Ah, la sua totale indifferenza... Che nostalgia.

La nonna non era tipo da far propri i sentimenti degli altri per poi consolarli con parole dolci, ciononostante mi ero fatta l'idea che la lontananza l'avesse ammorbidita. La mia nonnina diretta come un uomo, ma bella e sensuale... In effetti sì, era così. Una nobile strega a cui non mancava un fondo di volgarità.

Ero stata un'ingenua a pensare che si fosse addolcita, solo la distanza poteva avermene convinto: risi di me stessa. Ci eravamo allontanate a tal punto che avevo edulcorato la sua immagine. Mi ero resa indipendente, ma senza accorgermene.

Ormai non desideravo affatto che Shin'chirō ritornasse da me.

Voleva forse dire che non ero davvero innamorata di lui? Mi piaceva soltanto l'atmosfera di intimità dei momenti in cui ci toglievamo lo *yukata* di dosso? Volevo solo qualcuno che mi stesse accanto quando il vento soffiava sulla vetta di quella montagna a forma di mortaio?

Aveva ragione la nonna, ero una bambina.

Ero una bambina e pensavo solo a esaudire i miei desideri, volevo tutto e subito.

Finalmente avevo capito, e così si era conclusa una delle grandi epoche della mia vita.

"Non c'è più bisogno che mi invii denaro. Spero di rivederti un giorno. Fammi un favore: quando ti sarai sistemato, mandami delle foto del giardino. Da varie angolazioni. E mandami anche una foto di Takahashi. Anch'io ho subìto il fascino di quel giardino. Ti sono vicina."

Pensavo che avrei provato un senso di perdita maggiore al momento di inviare questo messaggio.
Ma non fu così.
Volevo rimettermi in cammino il prima possibile. Rialzarmi subito. Vedere il mondo. Sentire che davanti a me si sarebbero spalancate nuove porte.
Fu con quello stato d'animo che, mentre preparavo i bagagli, di getto gli inviai la mail. La risposta fu immediata.
"Va bene, te le invierò presto. Non ti manderò più denaro. Stammi bene."
Non so come l'avesse presa il mio cuore, ma mi sentii sollevata.
Rilessi quei caratteri come se volessi succhiarli con lo sguardo, poi cancellai il messaggio.

Dunque, devo mettere insieme i soldi per l'affitto. Farò straordinari, mi ingegnerò, farò in modo che a Kataoka venga voglia di concedermi un aumento. E il primo passo è il viaggio a Taiwan.
Iniziai a vederla così.
Tutto era stato reso possibile da una tristezza che non mi aveva concesso alcuno sconto.
Ciò che una persona ha costruito dedicandovi la propria vita non può che esercitare un'influenza su altre persone.
E quel giardino era così.
Con la sua perfezione, l'attitudine a riflettere i mutamenti minimi del tempo, non mi aveva solo dato conforto. Mi aveva anche messo di fronte alla mia sciatteria. Ebbi l'impressione che mi stesse rimproverando perché ero lì, immobile, mentre per il solo fatto di essere viva avrei potuto creare qualsiasi cosa.
Quel rigoglìo... Persino gli uccelli di passaggio, i colori dei fiorellini che spuntavano in mezzo alle erbacce lasciate crescere in abbondanza, tutto dava luogo a un mondo,

si muoveva come acqua che sgorga copiosa dalla fonte, e quel paradiso di verde vibrante trovava posto nel profondo di me.

Takahashi non mi conosceva, né aveva allestito quel giardino con il proposito di alleviare le sofferenze di chicchessia. Probabilmente non aveva mai pensato a cosa sarebbe accaduto dopo la sua morte. Semplicemente aveva dedicato tutto se stesso a dare una forma al giardino, e il giardino, a sua volta, aveva formato lui. Forse, all'inizio, lo aveva considerato una via di fuga dalle proprie disabilità fisiche. Ma con il passare del tempo erano diventati una cosa sola e avevano intonato il canto della vita.

Quando una persona si dedica con tanta passione a un progetto, questo deve per forza arrivare anche ad altri.

Dovevo bruciare anch'io. Di vita, giorno dopo giorno.

Il giorno precedente la partenza per Taiwan, Kataoka ebbe un impegno e non poté tornare a casa. Kaede mi disse deluso che sarebbero dovuti andare a mangiare del *sushi* insieme, ma purtroppo anche quel programma era saltato, e così, dopo l'orario di lavoro, andai a comprare del *sashimi* e gli preparai un *chirashi*. Non andai dal pescivendolo, ma alla mia solita *izakaya*, dove mi feci sfilettare il pesce per poi tenere le parti migliori. Naturalmente lo pagai, e mi feci anche spiegare per filo e per segno la ricetta.

Per me non c'era nulla di più divertente che imparare cose nuove. È anche un modo costruttivo di passare il tempo, e ciò che si apprende può rivelarsi molto utile.

In montagna, purtroppo, il pesce fresco non arrivava. Qualche volta ne compravamo un filetto al supermercato, ma era costoso, non era mai fresco e in effetti capitava molto di rado che ne mangiassimo.

Sollevai le fettine dagli angoli, preparai il riso e, pur sapendo che nel risultato finale non si sarebbe visto, le disposi ordinatamente una accanto all'altra.

Kaede disse che gli piaceva e lo mangiò con gusto, prendendosi tutto il tempo necessario.

Uhm, che fosse la felicità della casalinga? Della madre?

Mi resi conto che nutrire altre persone era davvero una cosa straordinaria.

Forse aveva captato i miei pensieri, o semplicemente era stata l'eccezionalità della situazione... In effetti, Kaede di solito consumava pasti semplici e in quantità minime, e non chiedeva mai piatti che necessitassero di preparazioni complesse.

Quando facevo da mangiare, avevo l'abitudine di assaggiare, quindi mi saziavo subito. Spiluccai qualcosa giusto per far compagnia a Kaede. Per quanto si possa andare d'accordo, è necessario tracciare una linea tra lavoro e sfera privata, o si finisce per mandare tutto a rotoli. Durante la loro assenza, anche se vivevo lì in casa, era stato più semplice mantenere un equilibrio.

Adesso, quando faceva sera, avevo sempre la sensazione di essere un'ospite, e siccome mi sentivo sola, sapevo che c'era il rischio che mi trattenessi lì più a lungo, ma forse mi preoccupavo in modo eccessivo.

Kaede ripeté che gli piaceva e mangiò educatamente, lasciando soltanto un po' di riso. Come fa a mangiare così poco, di cosa è fatto quest'uomo? mi domandai.

Forse leggendo i miei pensieri, mi disse: "Avere una donna in cucina fa quasi paura".

"Vuoi che me ne vada?"

Pensai che mi stesse dicendo che preferiva mangiare da solo.

"No, non è questo che intendo. Chi sta dietro i fornelli possiede una forza maggiore di quanto pensi."

"La razza umana funziona così, che ci vuoi fare? Per questo ho rinunciato a convivere con Shin'chirō, ho avuto paura. Mi sono detta che se mi fossi dovuta prendere cura di due persone, avrei finito per trascurare me stessa."

Kaede restò in silenzio.

Era un silenzio sgradevole. Dal modo in cui serrava le labbra capii che aveva frainteso qualcosa e mi dissi che avevo parlato troppo. In momenti come quello emergeva la delicatezza di Kaede, ma io sentivo nostalgia della freddezza e della mancanza di tatto della nonna.

"Non è necessario che ti prendi cura di me, è sufficiente il lavoro d'ufficio," tagliò corto. La volontà di non diventare un peso per nessuno a causa dei suoi problemi alla vista era il solo lato umano di Kaede, il suo unico complesso.

"Ah, davvero? Finché ci sarò, voglio aiutarti in varie situazioni. È il mio lavoro. Ma stai tranquillo. Non ho intenzione di farti pensare che tu non possa vivere senza di me. Anche questo fa parte del mio lavoro. Nella vita si deve anche avere fiducia negli altri, aiutarsi a vicenda. Quindi scarica un po' del peso che porti sulle spalle."

"Ti ringrazio, ma... Ti ringrazio, ma ho paura."

L'avevo capito. Ripensai a come mi ero sentita quando la nonna mi aveva lasciato. Non ci avevo mai dato peso, credevo che la nonna, essendo mia nonna, avrebbe vissuto con me per sempre, e mi era sentita terribilmente tradita.

"È così anche per te, Shizukuishi," continuò Kaede. "Come posso chiederti di stare per sempre qui a prenderti cura di me? Non dimenticare che in un modo o nell'altro capisco sempre ciò che sentono gli altri.

Fino a questo momento, tante persone si sono prese cura di me. Ma tu lo sai che significa quando qualcuno si prende cura di te? Che a lungo andare si finisce sempre per affezionarsi. Si crea una schiavitù affettiva. Eppure quelle persone... Con qualcuno sono stato insieme, oppure c'è stata la signora di mezza età che veniva a fare le pulizie, la segretaria giovane, ma tutti, nessuno escluso, pur non volendo, mi hanno tradito e se ne sono andati.

Io non posso muovermi da qui, non posso fare niente. Non posso amarle, tantomeno posso sposarle, ma soprattutto non voglio essere loro prigioniero.

Tutte, però, a un certo punto vengono da me e pongono delle condizioni. Se non sarai mio, non ci saranno più queste giornate, non vedrai più i miei sorrisi, mi dicono. Riesci a immaginare quanto ciò mi ferisca?"

Kaede stava piangendo, non riuscivo a crederci.

Avrei voluto avvicinarmi a lui e abbracciarlo, ma ciò mi avrebbe reso uguale alle persone di cui mi aveva appena parlato. Con voce bassa, tremante, gli dissi: "Hai un'anima così bella che tutti finiscono per desiderarti".

Si asciugò le lacrime con il dorso della mano. Sembrava un bambino. Poi riprese a parlare.

"Questo non lo posso sapere. Tutti però mi vedono a modo loro, e in casa ne sono successe di tutti i colori. Mi sono stancato."

"Forse sono solo una stupida, ma ho l'impressione che la situazione, poco alla volta, stia migliorando, non ti pare?

Adesso c'è Kataoka vicino a te, quindi hai una certa stabilità, no?

E se pure vi doveste lasciare – ma non credo che accadrà –, sono sicura che continuerà a farti da manager, perché è una persona perbene.

Per quanto riguarda me, sono stata addestrata sin da bambina a prendermi cura degli altri: sono una professionista in questo.

Ho coltivato l'affetto per mia nonna come se fosse una figura genitoriale, e allo stesso tempo ho imparato a trattarla con il distacco che ci si aspetta da una segretaria. Lei, in un certo senso, è una persona rude, dal carattere difficile, quindi per me è stato un esercizio obbligato. Naturalmente l'amore supera tutto, però... Insomma, sono come una killer professionista sottratta a un commando omicida, capisci? Ti faccio ancora paura?"

Mi spaventava l'idea di ciò che era accaduto in quella casa. Avrei voluto aprire le tende e far entrare aria fresca per spazzare via il passato.

"È per questo che ho paura. Ho paura di te. Mi spaventa l'idea che la tua presenza dentro di me possa crescere ulteriormente. Non è con chi vai a vivere, né dove, che mi interessa. Perché sono sicuro che continueresti a venire qui tutti i giorni, a prenderti cura di me con la serietà che hai sempre dimostrato.

Ma se accadesse di nuovo quello che è già accaduto in passato? Se ti innamorassi di me e diventassi come tutti gli altri? Per me sarebbe una ferita insanabile."

Scoppiai a ridere, poi risposi: "Ma quanto sei presuntuoso! Non potrai mai piacermi".

Era dotato di istinto, non poteva non capire che i miei sentimenti verso di lui non erano comuni. Ma pronunciai solennemente quelle parole, convinta che il negare con decisione a viva voce avrebbe avuto su di lui un impatto maggiore.

"Il motivo per cui hai paura... è che sono io a piacerti tanto."

"Come fai a dire una cosa del genere così, come se niente fosse?" rispose Kaede con un'espressione stupefatta.

"Ti piaccio tanto, e quindi hai paura.

Puoi stare tranquillo, però. Non c'è nulla di insanabile a questo mondo.

E i tuoi problemi alla vista certamente non ti impedirebbero di vivere da solo, quindi non hai nulla di cui preoccuparti. Nessuno può portarti via la tua forza. Sei una persona gentile, per questo finora hai concesso troppo: stavi semplicemente rispondendo ai sentimenti di chi avevi di fronte.

Alla peggio, potrai vivere per conto tuo, Kaede.

E, soprattutto, devi sapere che a me tu piaci già tantissimo. Mi piaci così tanto che ho cercato di adattare i miei sentimenti alla situazione, piuttosto che intestardirmi a fare il contrario. Anche in questo sono una professionista.

Per questo ho rinunciato ad andare con Shin'chirō. Avrei dovuto rinunciare al lavoro, tanto per cominciare. Ho esteso a te i sentimenti che provo per mia nonna, il che dimostra che forse ho un problema, ma credo che per me sia meglio questo, piuttosto che doverli soffocare."

"Penso anch'io che sia un grosso problema. Se proietti su di me i sentimenti che provi per una persona che per te rappresenta sia una figura genitoriale che un datore di lavoro, la situazione rischia di diventare sempre più soffocante."

"Nella vita nulla succede per caso. Non sono i tuoi, di sentimenti, che ti spaventano, Kaede?"

"Forse. Forse in parte è anche così."

La sua ammissione mi rese felice.

"Hai paura che le cose si mettano male? Non farò nulla perché ciò accada, sappilo."

"Io non sono molto bravo a interpretare i miei sentimenti."

Non capitava spesso nemmeno che si impuntasse così tanto su qualcosa.

"Quando si ha paura, non si può andare avanti, non succede niente. Non si può amare nessuno. Tutto si ferma. Si finisce per annaspare sempre nella stessa quantità d'aria come nell'acqua stagnante.

Né io né Kataoka siamo dei carcerieri che si approfittano dei tuoi problemi alla vista per tenerti legato.

E neppure ti compatiamo.

Credo che ciascuno di noi in parte se ne renda conto, ma c'è qualcosa di grande a unirci. E su quello dobbiamo scommettere, per il tempo che ci è concesso di vivere insieme."

"Sei proprio ottimista, Shizukuishi."

"Se non lo fossi stata, come avrei potuto vivere su una montagna, senza genitori, non facendo altro che lavorare dalla mattina alla sera? E poi anche creare un'atmosfera positiva fa parte dei miei compiti."

"Ci sono tante cose del tuo modo di pensare che... Che ancora non riesco a capire, ma presumo che non ci sia altro da fare a parte cercare di scoprirle giorno dopo giorno, non usando l'istinto, ma semplicemente vivendo come normali esseri umani," sospirò Kaede.

"Hai la bocca, no? Basta usarla."

Kaede si mise a ridere.

"Scusami per tutti questi discorsi."

"Siamo esseri umani, è normale." In quella situazione, gli avrei dovuto dire: "Puoi dirmi qualsiasi cosa, quando vuoi", ma questo avrebbe trasformato la sua confessione in un capriccio, e non sarebbe stato giusto.

"L'incontro con Atsuko deve avermi rammollito... Mi è mancata tanto. Lei non si è mai curata di me, le importava solo del nonno, e io lo sapevo e, sin da quando eravamo bambini, con lei mi sono sempre sentito libero.

Credo che anche i tuoi sentimenti per Shin'chirō fossero simili ai miei, Shizukuishi. Per questo, quando ho capito che lui era lontano e che tu avresti potuto seguirlo, lasciando il lavoro e trasferendoti altrove, mi sono preoccupato perché sapevo che avresti potuto soffrire."

"Hai la bocca, perché non l'hai usata?" ripetei seccata.

"Perché eri tu a dover decidere. Ho creduto che non fosse giusto cercare di fermarti."

Dovevi fermarmi, dovevi fare di tutto per fermarmi.

Avrei voluto dirglielo, ma lo tenni per me. Quando si sa tacere, l'amore dura in eterno.

"È stato l'istinto a dirti che ci eravamo lasciati?"

Kaede si mise a ridere.

"Quando ti butti a capofitto in qualcosa vuol dire che

non sei in forma. Quando ti sei messa a preparare sali da bagni ho pensato 'Ah, si sono lasciati!'."

"Ma allora non è stato il tuo istinto. Che sensitivo da quattro soldi che sei!"

Kaede stava ridendo a crepapelle, e anch'io.

Ridere, disperdere tutto nell'aria: non avevamo bisogno d'altro.

E così io e il mio serpente di giada arrivammo a Taiwan.

In Giappone era ancora pieno inverno e faceva freddo, mentre lì il sole annunciava già la primavera e le persone portavano soprabiti leggeri. Nei giorni di sereno splendeva una luce estiva. I fruttivendoli esponevano la frutta tipica dei paesi caldi. Frutti di guava verdi e sodi.

Avevo capito che, se me ne stavo un po' ferma a guardarli, la signora ne prendeva uno dal suo banchetto e me lo faceva assaggiare, quindi lo facevo sempre. Quando erano buoni, ne compravo una confezione. Li mangiavo camminando. Sapevo che quella piccola felicità si sarebbe trasformata in un ricordo indelebile. Il tragitto delle mie passeggiate mattutine mi restò impresso insieme al sapore di quei frutti.

Era un sapore mai provato prima. Mi faceva sentire chiaramente che mi trovavo all'estero. E mi bastava ripetere quelle azioni per illudermi di essere un'abitante del luogo. È ridicolo, lo so, però riuscivo a mettere da parte il mio passato e a concentrarmi solo sul presente.

Credo che sia questo il bello del viaggio.

Lo Starbuck's vicino all'albergo di Taipei in cui soggiornavamo vendeva tè cinese, quindi sulla lavagna verde del menu tutto era scritto in ideogrammi. Ci andavo più o meno due volte al giorno e mi divertivo a guardare tutte quelle bevande a me sconosciute. Tè al latte con semi neri di tapioca, tè dolce al gelsomino con aggiunta di latte. Era anche quella una quotidianità fuori dall'ordinario, un piccolo tesoro che esisteva solo lì.

Quel giorno Kataoka mi disse che, dal momento che aveva finito di raccogliere materiale, l'indomani mi avrebbe portato alle terme. Mi sembrava che avesse una gran voglia di andarci.

"Perché mi tocchi andare alle terme proprio con te non lo so, povero me. Cerca di non farti venire strane idee quando mi vedrai uscire dalla vasca, sexy come sono. Le donne fresche di separazione cedono facilmente al fascino maschile."

"Per dirla tutta, nemmeno io impazzisco all'idea di andarci con lei, signor Kataoka. Dev'essere una di quelle circostanze misteriose che si verificano solo quando si è in viaggio, ne sono certa."

"Mah, non ci capiterà altre volte di fare un viaggio di lavoro insieme." Così dicendo, Kataoka si mise a ridere. Aveva uno sguardo dolce. Sembrava che volesse dirmi: fregatene e divertiti.

Ero contenta, ma mi chiedevo se fosse tutto a posto. Credevo di sì, ma quando al buio guardavo il mio riflesso nella finestra della stanza mi vedevo diafana come un fantasma.

Era naturale che gli altri si preoccupassero per me. Oltre la finestra, vidi brillare l'asfalto bagnato dalla pioggia. Prendeva i colori dell'arcobaleno, conferendo a tutto il paesaggio qualcosa di delicato. Tenevo stretta fra le mani una tazza di Starbuck's. Erano mani fragili, minute. Le mani di una donna che non aveva più un futuro.

Si trattava di me, ma avevo l'impressione di stare pensando a qualcun altro.

Approfittando di un momento in cui Kataoka era in giro per raccogliere materiale, feci visita all'artigiano di cui mi aveva parlato Atsuko, raggiungendolo in una bottega in città. Aggiustò con un filo d'oro la parte che si era staccata e, quando andai a riprendere la pietra, mi disse che Atsuko l'aveva contattato e si rifiutò categoricamente di farsi pagare. Allora comprai un bel biglietto raffigurante il Museo nazionale e le scrissi un messaggio di ringraziamento: Mi piacerebbe offrirti un caffè, o bere e mangiare qualcosa insieme, magari ci vediamo quando torno, chiamami. Poi la imbucai.

La giada che avevo ricevuto dalla nonna era tornata come nuova, e mi commossi. L'oro l'aveva resa ancora più preziosa, ancora più bella.

Già solo per quello ero felice di essere andata a Taipei. Mi piaceva quando qualcosa veniva rimesso a posto. Che si trattasse di oggetti riparati o di processi di guarigione: mi mettevano allegria.

Se il giorno successivo fossi andata in un posto dove c'era una sorgente, l'avrei lavato. Era come se volessi accudire quel serpente.

Sin da bambina non avevo mai portato accessori, perché mi avrebbero dato fastidio mentre raccoglievo le erbe, ma a quel ciondolo mi ero proprio affezionata.

Quando lo toglievo tratteneva il calore del mio corpo, e la pietra bianca restava tiepida. Un tepore che lo faceva brillare di una luce pallida. Gli occhi del serpente sporgevano e gli davano un'aria affascinante. Guardandolo pensai alla sua storia, ai lunghi anni di quando era ancora solo una pietra e poi dopo aver assunto quella forma. Un giorno avrei lasciato questo mondo, ma il serpente sarebbe rimasto. Era una strana sensazione.

Sicuramente, se non fosse stata la nonna a volere che portassi quella pietra a Taiwan, se a ripararla non fosse stato un artigiano presentatomi da Atsuko, che a sua volta era un'amica di infanzia di Kaede – insomma, questa volta il filo che ci legava gli uni agli altri era veramente lungo e ingarbugliato –, probabilmente avrei declinato l'invito di Kataoka e non sarei partita.

Era stato molto impegnativo, ma avevo capito come si lavora fuori sede, ero contenta di essere andata.

La rivista alla quale Kataoka contribuiva sia finanziariamente sia come editor sarebbe uscita con un numero speciale sulle pratiche divinatorie di Taiwan, e tra i contenuti ci sarebbero stati articoli dedicati a un indovino straordinario che si serviva dell'acqua per le sue previsioni, vari esperti di astrologia che sapevano il giapponese e poi quel sensitivo che praticava il *mogu*, cioè che riusciva a capire le persone toccando le loro ossa. Kataoka era interessato in particolare a quest'ultimo, un cieco che, attraverso lo studio e la disciplina, era approdato per primo a questa forma di divinazione, e così aveva chiesto e ottenuto di poter scrivere lui stesso l'articolo.

Io l'avevo accompagnato in qualità di assistente, ma non ero né autrice né revisore, quindi non avevo diritto a un rimborso spese. Era Kataoka a fare tutto. Mi dispiaceva, e per questo cercai di darmi da fare, ma non parlavo la lingua del posto e non servivo a granché.

Mi sentivo piuttosto inutile, ma non ero triste.

Tutto quel viaggio aveva risvegliato in me una nuova vitalità. Sì, c'era un gran da fare e mi trovavo lì a Taiwan per aiutare Kataoka, quindi dovevo lavorare: in questo modo sarei riuscita a fugare la sensazione di essere un peso che si era portato dietro solo per pietà.

Non ero né un impedimento né un animaletto da accudire: ero lì per aiutarlo nel suo lavoro. Convincermene fu senz'altro positivo.

Le interviste dovevano essere registrate e gli dissi che mi sarei occupata io di ricaricare i registratori e di sbobinare le cassette, per cui durante il giorno avevo sempre molto da fare, ma la mattina presto e la sera potevo uscire dall'albergo e concedermi delle passeggiate.

L'aria di Taiwan era calda e umida, mi faceva sentire eccitata. Il centro di Taipei era occupato da file di palazzi di società estere, che facevano apparire la città uguale a tutte le altre, ciononostante la mia euforia non diminuiva. Era una eccitazione allegra.

Quel giorno, però, avevo esagerato, e la sera, quando mi ritrovai da sola, seduta sul letto della mia stanza, fu come se il tempo si fosse fermato, come se avesse interrotto il suo corso.
Il corpo non si muoveva e non riuscivo a fare nulla di ciò che avrei dovuto fare.
Ne ero consapevole. Bevvi un sorso d'acqua, sospirai. Dovevo piegare gli abiti che avevo indossato, sistemare i documenti e preparare i bagagli. Dovevo fare una doccia.
Provai a ripetere mentalmente questo programma infinite volte, ma il corpo non rispondeva.
Da qualche tempo, mi capitava spesso.
In quel momento squillò il telefono. Era l'apparecchio che si trovava nella stanza.
"Sì?"
Mi telefonava solo Kataoka, quindi ero sicura che fosse lui, e invece sentii la voce di Kaede.
"Pronto, sono io. Sei ancora in piedi?"
Il suo tono era dolce, come di un uomo innamorato.
Aveva usato "*ore*" per indicare se stesso, mentre al lavoro diceva sempre "*boku*",[*] e anch'io parlavo in modo formale. Fuori dall'orario di lavoro, però, ci rivolgevamo l'uno all'altra come due amici. Questo modo di parlare, che mescolava i due registri, veniva fuori all'improvviso, senza che ci stessimo a pensare più di tanto.

---

[*] *Ore* e *boku* sono due pronomi di prima persona singolare, generalmente usati dagli uomini. A differenza di *boku*, più neutro, *ore* è estremamente informale. [*N.d.T.*]

Forse perché a Firenze aveva sempre parlato in inglese, per un po' di tempo dopo il ritorno aveva utilizzato un linguaggio piuttosto ricercato, ma poi aveva ricominciato a parlare in modo più rozzo. A dirla tutta, a Kaede non si addiceva molto l'uso di un pronome come "*ore*", ma poiché il suo modo di parlare peggiorava molto sotto l'influenza di Kataoka, veniva fuori in continuazione. Kataoka e Kaede sembravano due fratelli gemelli che dicevano parolacce. Si somigliavano nei gesti e nel modo di parlare. Anche questo mi piaceva di Kaede: che non fosse perfetto, che subisse l'influenza altrui.

Ero confusa, ma mi dissi che in quella circostanza mi stava telefonando in qualità di amico.

"Sì, sono ancora sveglia."

Avevo il cuore colmo di gratitudine. Verso Kaede, che in un momento aveva spazzato via la stanchezza del viaggio e il peso del passato.

"Hai fatto un buon lavoro, sarai stanca. Sei riuscita anche a distrarti un po'?"

"Sì, invece il signor Kataoka è stato molto impegnato, fra gli incontri con i sensitivi e le interviste. Qui ci sono sensitivi di ogni tipo, ce ne sono davvero tantissimi."

"Non vedo l'ora che mi raccontiate tutto."

Ne avrebbero parlato al ritorno, quando lui e Kataoka si sarebbero attardati nel letto.

Immaginai la scena, mi parve, più che realistica, tenera. Evidentemente è così che diventano le coppie, a furia di frequentarsi. Loro due davano l'impressione di vivere da sempre una situazione complicata, per cui l'idea che si rilassassero a letto non gli si confaceva molto. Ecco perché, forse, doveva essere stato molto difficile mettere in piedi un rapporto così stabile.

L'avevo pensato anche quella volta che avevo visto piangere Kaede.

Avevo capito che eravamo tutti ancora giovani, che la vita

doveva ancora iniziare. E a furia di pensarci, il tempo aveva cominciato ad apparirmi estremamente prezioso. I frutti che avrebbe portato in futuro dipendevano da ciò che ne avremmo fatto adesso.

Gli risposi: "Certo, quando vuoi. Ho qui tutto il materiale raccolto".

"Che ne è stato della pietra? L'hai fatta aggiustare?"

"Sì, l'amico di Atsuko l'ha riparata in un battibaleno, nell'arco di una notte, con un filo dorato. È stato talmente in gamba che adesso la pietra luccica come se fosse stata sempre così."

"Ho saputo che domani andate alle terme."

"Sì, oggi il signor Kataoka ha finito di lavorare sul *mogu*. Da domani abbiamo un giorno e una notte liberi."

"Divertiti e cerca di vedere tante cose belle, ok?"

Divertiti e cerca di vedere tante cose belle... Le parole, quando escono dalla bocca di Kaede, conservano tutto il loro significato originario. Dure come l'acciaio, meravigliose: nessun altro cuore avrebbe potuto concepirle allo stesso modo.

Si depositarono dentro di me con un rumore secco e sprigionarono un profumo intenso. Brillavano, scoppiettavano come schiuma. Quella sensazione si diffuse per tutto il mio corpo e anche le piccole ferite furono avvolte dalla luce.

"Grazie. Prenditi cura di te, Kaede. Al mio ritorno ti preparerò degli ottimi piatti taiwanesi."

Pregai che le mie parole non perdessero chiarezza.

"Sì. Senza di voi c'è silenzio tutto il giorno, il che è un bene, ma mi sento terribilmente solo. Non poter sentire i vostri battibecchi è una noia."

Quando misi giù, il mio animo era aperto come un fiore. Persino le lenzuola, che fino a poco prima mi erano sembrate rigide, adesso erano fresche e mi accarezzavano la pelle. Ah, finalmente posso dormire, ed è come se fossi su un letto di fiori... Come se fossi cullata dalla dolcezza degli angeli...

Spensi la luce e chiusi gli occhi. E adesso dormi, senza più brutti pensieri, così, in pace...

E così, nel primo giorno di libertà da quando eravamo arrivati a Taiwan, pagammo un extra al conducente dell'auto presa a noleggio e ci facemmo portare in un posto che si chiama Beitou. Anche quello fu possibile perché c'era Kataoka. Aveva prolungato il periodo di noleggio della vettura di cui si era servito per gli spostamenti fra un'intervista e l'altra.

Non avevo mai riflettuto sul potere del denaro, ma in quella circostanza provai ammirazione per Kataoka, che sapeva usarlo in modo intelligente, valutando con attenzione le priorità. I nostri bagagli erano aumentati enormemente, quindi se non avessimo avuto la macchina ce la saremmo vista brutta.

Il cielo era azzurro e limpido. Era la luce tipica dei paesi caldi.

Non potei fare a meno di pensare alle persone che amavo e che erano da qualche parte sotto quello stesso cielo. Quelli che erano a Malta e quelli che erano a Tōkyō... Erano pochi, ma di certo condividevano con me qualcosa.

"Signor Kataoka..." chiamai.

"Eh? Scusa, mi ero appisolato."

La sua espressione assonnata, insieme con il tono gentile della voce, aveva qualcosa di sexy. Era davvero una brava persona, per questo mi prendeva sempre in giro: non sono molti quelli che riescono a mantenersi fedeli al proprio ruolo sino a quel punto.

"Oh, non si preoccupi. Continui a dormire."

"No, dimmi, che c'è?" ribatté Kataoka raddrizzando la schiena. "Non avevo nessuna intenzione di dormire."

"Com'è andata con l'anziano del *mogu*? Che tipo era? Me ne parlerebbe?"

"Ah, benissimo. È un anziano cieco. Ha quasi ottant'anni

ma sembra molto più giovane. Nella stanza teneva tanti strumenti musicali in bella vista. Pare che li suoni tutti."

"Basterebbe quello a emozionare, non è vero?"

"Sì... Ormai ha una certa età, quindi non lo si può invitare in Giappone, inoltre ha tanti allievi, e non me la sono sentita di chiedergli di istruire Kaede. Credo che vada bene così com'è. Quando gli ho proposto di imparare questa nuova pratica, l'ho fatto perché pensavo che non sarebbe stato male variare un po'. Ma ho fatto bene a venire. Sai, mi è sembrato perfettamente lucido, non dimostrava affatto la sua età, inoltre era molto energico e trasmetteva allegria. Mi è piaciuta anche quella stanza piena di strumenti musicali. Sembrava la scena di un film. Non so se capisci cosa intendo, ma era come se la stanza fosse pervasa dai segni di una bellezza tipica delle tonalità degli strumenti a corda."

"Gli ha chiesto una consulenza?"

"Sì, gliel'ho chiesta. Mi ha preso le mani in questo modo..."

Il signor Kataoka mi strinse le mani.

"E poi mi ha dato dei colpetti sull'osso del polso, con un tocco che era sia energico sia delicato, e mi ha emozionato. Non so cosa abbia visto, in linea di massima ha parlato velocemente, in giapponese, di lavoro, ma erano tutti discorsi più o meno positivi, per la maggior parte mi ha detto cose rassicuranti. Poi ha detto che spendo troppi soldi. Mi sa che voleva dire che portarti con me è stato uno spreco."

Si mise a ridere.

Mi era bastato sentire i colpetti di Kataoka per percepire la nobiltà d'animo e la gentilezza di quell'anziano signore. Riuscivo a comprendere anch'io il valore di una persona che ha speso la propria esistenza cercando di essere utile agli altri.

Del resto non chiesi niente, nel rispetto della privacy di Kataoka.

Ma era chiaro che una fiamma si era accesa nel suo cuore,

e ne ero felice anch'io. Fui felice che fossimo venuti a lavorare a Taiwan. Il lavoro perde di senso quando non dà frutti.

"Se Kaede vedesse quell'uomo si sentirebbe incoraggiato, ne sono sicura. Non lo pensa anche lei?"

"Anche senza andare da lui direttamente, credo che sì, trarrebbe coraggio dal sapere che esiste qualcun altro che è invecchiato nel suo stesso ambiente, senza contare che per lui il solo imparare cose nuove è come un toccasana."

"Be', a quanto pare sta nascendo un legame con questo posto, non è vero?"

"Sì, penso che ci siano ancora tante persone speciali, ci voglio tornare. E se dovessi venirci con Kaede, credo che sarebbe bene che ci fossi anche tu. Potresti magari studiare un po' di cinese. E l'inglese, almeno qualche parola. Be', Kaede parla inglese e quindi se la può cavare, inoltre il signore del *mogu* conosce il giapponese, per cui non penso che ce ne sarà bisogno nell'immediato. Insomma, non saprei dire a cosa potresti esserci utile, precisamente."

"Va bene."

Sentii che qualcosa stava crescendo. Non ci avevo mai pensato. Che un giorno mi sarei ritrovata a viaggiare all'estero per lavoro. Che avrei dovuto studiare per questo.

"Anche tu hai ritrovato coraggio, non è vero? È passato il tempo delle delusioni d'amore e dell'apatia," rise Kataoka.

"Non credo che siano affari suoi."

"Guarda avanti, è ora. Mettiamoci a vendere i tuoi infusi e i sali da bagni. Possiamo andare lontano, ne sono sicuro."

"Sì, mi occuperò della casa mentre non ci siete e qualche volta verrò qui con voi per dare una mano. Questo posto mi piace un sacco. Continuerò a fare tentativi con infusi e sali da bagno, visto che dice di volerli vendere. Anche se non so se riuscirò mai a produrne della stessa qualità di quando ero in montagna."

"Giusto, non possiamo venderli se sono mediocri."

Questa affermazione mi fece capire che aveva riflettuto seriamente sulle mie tisane e sui sali da bagno.

Avevo sentito spesso parlare di idee sane, brillanti come gemme, che nascono nelle condizioni peggiori e più assurde, e anzi, probabilmente era ciò che accadeva nella maggior parte dei casi, ma non avrei mai pensato che io stessa mi sarei potuta trovare coinvolta in un processo del genere.

Proprio io, che avevo a malapena ricevuto l'istruzione dell'obbligo, stavo vivendo in un mondo perfetto, come se fossi stata una studentessa modello. Il lavoro aumentava e mi piaceva, i rapporti con gli altri si facevano più solidi.

Era un po' come il giardino di Takahashi.

Come una pietra preziosa strappata a un ambiente malsano, la mia nuova vita si apriva verso orizzonti sempre più brillanti.

Su invito di Kataoka, che era un vero fanatico delle terme, nel pomeriggio mi recai insieme a lui verso lo Yangmingshan.

Dopo un po' che camminavamo, fui come circondata da un profumo antico, che non avrei mai potuto sentire in una città giapponese. Era l'odore del verde. Un verde fitto, vivo, che non era solo in superficie, un vortice di energia vitale violento come una maledizione, un odore rivolto al resto del mondo... Soffocante e irresistibile.

Provai una nostalgia così intensa che mi venne da piangere.

Era l'odore del luogo in cui ero cresciuta.

E poi arrivarono i ricordi, tanti. Gli alberi pieni di bruchi, le vespe, esseri sconosciuti e quasi trasparenti che tremolavano, la sensazione che, se non avessi prestato attenzione a dove appoggiavo la mano, avrei potuto ditruggere una qualche forma di vita.

In mezzo alla natura le persone diventano prudenti, nervose, e questo la gente di città non lo riesce neanche a immaginare.

E poi mi ricordai chiaramente della sensazione che si prova quando, nonostante si sia stati attenti, senza nessun motivo si viene punti da qualcosa e ci si gonfia.

La strada lunga e stretta che percorrevo per cogliere le erbe e poi andare a lavarle... Mi ricordai della stanchezza, del fastidio, del senso di inutilità. Era sufficiente che venisse a piovere, o che mi distraessi un momento, perché spuntasse la muffa. Niente era immune. Era capitato chissà quante volte di vanificare il lavoro di un'intera giornata di cammino in montagna, e ogni volta stavo più attenta durante il processo di essiccazione. C'erano piante dall'alto grado di volatilità che dovevano essere lasciate all'ombra, e bastava che filtrasse un po' di sole perché tutto marcisse.

Una delle cose che si dimenticano più facilmente, per quanto ci si sforzi di pensarci, è l'odore.

Riscoprii quanta forza avesse infuso in me quell'odore. Era come se fosse penetrato tra le mie cellule. E capii quanto cara mi fosse la vita in montagna. Non doveva succedere nulla, bastava che il sole sorgesse al mattino e calasse di sera, e non c'era bisogno di altro. Bastava vivere perché il vortice che mi portavo dentro continuasse a girare, a rilasciare tepore ed energia.

Ero cresciuta in mezzo a quegli insetti disgustosi, le spiagge umide, i profili inquietanti del verde fitto. Non volevo avvicinarmi con timore, ma mescolarmi a quel marasma, chiudere gli occhi e riposare. Lì in mezzo si sta meglio se a coprirci è il sudore, piuttosto che i bei vestiti, e per quanto caldo potesse fare avrei preferito di gran lunga indossare i miei guanti da lavoro. Laggiù, del resto, ero riuscita a richiamare alla mente tutti i miei ricordi.

Non sarei più tornata, non potevo più tornare in montagna. Provai di nuovo nostalgia, fui lì lì per versare ancora una lacrima.

Ma poi vidi una cascata, il volto sereno di Buddha circondato da quella vitalità e da sassi lisci, e mi dimenticai di tutto. Quando l'acqua scorre le persone provano un senso di liberazione. I pensieri si calmano. Immersi il serpente di giada nell'acqua. La trasparenza dell'acqua si estese poco a poco anche al serpente.

Voglio lavare via gli anni vissuti nel dubbio, quelle ossa seppellite nel giardino... Non so perché, ma questo fu il pensiero che mi attraversò la mente.

Finalmente ero riuscita a venire a capo di una storia marginale che, però, era stata sempre in un angolo della mia mente.

Da quel momento in poi, altre cose della vita di mia nonna mi sarebbero state chiare. Quel passato che era appartenuto solo a lei mi faceva un po' paura, ma allo stesso tempo non vedevo l'ora di saperne di più.

Nelle vicinanze dello Yangmingshan c'era un parco con una sorgente termale pubblica. Kataoka e io andammo a immergerci nell'acqua dandoci appuntamento nella zona anteriore, dove si trovavano le panchine.

Non avevo la più pallida idea di come funzionassero le terme lì, inoltre il posto non mi sembrava del tutto sicuro, per cui provai a chiedere aiuto a un'anziana signora che era lì vicino, la quale, in un giapponese un po' stentato, mi spiegò tutto con gentilezza.

"Ci si immerge a turno, ogni mezz'ora, metta le sue cose in vista e si leghi i capelli con l'elastico per evitare che entrino nell'acqua."

Il giapponese della signora mi sembrò molto bello, fresco.

E così, seguendo le sue istruzioni, mi immersi nell'acqua bollente.

Dal soffitto si vedevano in trasparenza i raggi del sole,

e anche se ero nuda e immersa nell'acqua con donne di un altro paese non provavo nessuna sensazione di disagio. Ogni volta che i nostri sguardi si incontravano, mi sorridevano. All'esterno, le signore che prendevano il fresco, in attesa che arrivasse il loro turno per poter rientrare in acqua, si scambiavano le solite chiacchiere a bordo vasca, uguali in tutto il mondo.

L'acqua era tremendamente calda, più densa di quella delle terme giapponesi, era come se si attaccasse al corpo. Emanava una forza tale da dare l'impressione che, se al momento dell'immersione non ci si fosse armati di coraggio, si sarebbe stati sconfitti. Pensai che le vere terme dovessero essere proprio così. Non dovevano intiepidire il corpo, ma risucchiarne tutte le energie.

Quando uscii trovai il signor Kataoka seduto tranquillamente su una panchina, in mezzo agli altri uomini che se ne stavano a torso nudo. Ogni volta che lo vedevo mi dava l'impressione di una persona che si gode la vita. Emanava il profumo del sole.

C'erano vari chioschetti, dove comprai una birra prima di andare a sedermi. Mangiammo insieme una porzione singola di *tōfu* fritto dall'odore intenso, e intanto guardavamo il cielo sopra di noi.

Pensai che da quel momento in poi avrei dimenticato tante cose.

"Sei guarita dal mal d'amore?" chiese Kataoka, senza troppi giri di parole.

"Sì, sono guarita."

"C'è qualcosa in te che credo sia degno di rispetto, sai? È la differenza tra te e quel tipo con cui stavi. Lui è apatico. Decisamente apatico. Non ci prova nemmeno a vivere."

"Non pensa di stare esagerando? Non è una persona così terribile. Io lo rispettavo."

Cercai di difenderlo. Non c'è niente di più miserabile che parlar male dell'uomo da cui ci si è separati.

"L'amico di una vita, la sua bellissima madre. L'indimenticabile primo amore... Non ti sembrano tutte espressioni di narcisismo? Nella vita di una persona, cose come quelle sono del tutto insignificanti, non vale la pena scommetterci il futuro. Se fosse stato un uomo, ci avrebbe messo una pietra sopra già da tempo, le avrebbe considerate come una bella serata tra tante. Se fossi stato al suo posto, ci sarei già passato sopra almeno tre volte."

Come al solito, Kataoka si esprimeva in maniera inequivocabile.

Risposi: "E non è forse per superarle che si dedicava con tanto zelo ai cactus?".

"Ah, quando vuoi non le mandi a dire!" rise lui.

"E poi... Io lo capisco. Shin'chirō provava un desiderio anomalo, maniacale, di impadronirsi di quel giardino. Non di lei. In fondo né Takahashi né sua madre c'entravano nulla. Era il giardino che voleva. Lei non l'ha mai visto, signor Kataoka, per questo parla così. Ma se lo vedesse, capirebbe subito il senso delle mie parole. Quella parte di lui così irragionevole a me piaceva."

"...Uhm, credo di cominciare a capire. Sei dotata di un acume maggiore di quanto pensassi."

"Questo modo di usare il cervello, in amore, non serve a un bel niente. Ho perso. Anch'io desideravo Shin'chirō. Perché è una persona che non sa più amare altre persone, che non ne sa ricambiare i sentimenti. Questo mi piaceva. E anche Atsuko ha avuto un ruolo importante."

"Perché, ti sei ingelosita?"

"No... Anche se sarebbe stato meglio. Nello stesso periodo ho avuto modo di osservare due fenomeni simili: è stato come se qualcuno mi stesse suggerendo qualcosa. Ho visto quasi contemporaneamente le due donne che, in passato, erano state importanti per i due uomini a cui tenevo di più.

E, per quanto ci pensassi, era sempre Atsuko a sembrarmi più credibile.

Forse alla maggior parte delle persone la madre di Takahashi potrà apparire più normale. La sua storia non ha niente di illogico. Ma c'era qualcosa in lei – in lei, non nel giardino – che tradiva un timido tentativo di salvare le apparenze.

Non ho potuto fare a meno di paragonarlo alla purezza infantile di Kaede e Atsuko.

Sapevo che, in entrambi i casi, si trattava di sentimenti sinceri, ciononostante la madre di Takahashi non mi piaceva.

Invece mi sono sentita attratta dall'innocenza bizzarra e fragile di quei due. Insomma, in fin dei conti era una banale questione di gusti. Ormai l'avevo capito e non sarei più potuta tornare nel mondo di Shin'chirō. Mi pesava, avrei anche mentito a me stessa pur di recuperare il nostro rapporto, ma non ci sono riuscita."

Fu una triste ammissione. Priva di gusto, calore e passione.

Era solo la nuda e cruda verità.

La verità, una volta che è venuto meno l'amore, somiglia a uno scheletro abbandonato in un prato: esplicita, ordinata e, alla fin fine, quasi piacevole. Era sempre stata lì, ma coperta di carne, immagini e sentimenti.

"Capisco bene ciò che dici," fece Kataoka. "Ma credo che a un certo punto rimpiangerai la tua decisione. Penso che sia stato un senso di integrità tipico dei giovani a farti agire in questo modo. Anche Kaede ha delle zone grigie, degli aspetti di disordine e incoerenza, ma tu non hai un rapporto intimo con lui, per questo forse fatichi a rendertene conto."

"Be', forse sì."

Mi misi a ridere. La saggezza di Kataoka mi metteva a mio agio.

"Ma era una scelta che dovevo fare a questa età, in questo momento, ed è andata bene così. Finora non c'era stato né Kaede né lei, e anche la nonna era lontana, per questo mi sono affezionata a Shin'chirō: per me era come un genitore. E io ero come un pulcino. Ero così sola che non riuscivo a sopportare l'idea che potesse non essere così: ero inquieta, non riuscivo né a crederci né a dubitare. Ma forse non ero abbastanza forte per continuare a crederci ancora."

"In fondo nessuno vuole stare da solo. In quel momento avevate entrambi bisogno l'uno dell'altra. In fondo è andata bene, no? Grazie a te ha divorziato, sempre grazie a te ha ritrovato il suo primo amore."

"Mi sembra che vada un po' troppo al nocciolo della questione, però."

"Be', è il mio lavoro."

Il verde fitto nei dintorni si fece più brillante a mano a mano che si avvicinava la luce del tramonto.

Dopo la birra prendemmo del tè alle bancarelle e lo bevemmo passeggiando. Il sudore si attaccava alla pelle. Il tè in bottiglia, in quel paese, era generalmente dolce, e nell'aria umida del posto sembrava particolarmente buono. Non c'era più in Giappone quella luce così violenta, tipica dei climi umidi? Il calore del Giappone di oggi è un calore di riflesso che non ha più nulla del caldo vitale di quei posti.

Non voglio dire che le cose siano peggiorate rispetto al passato, ma è meno piacevole.

Quando si è esposti al caldo vitale, il corpo ne trae beneficio. Infierisci ancora, viene da dire. A me piaceva. Mi piaceva immergere il corpo nell'acqua e ritemprarmi fino alle ossa, e poi di nuovo espormi al sole. Un po' come fare sesso con il mondo.

Senza neanche sapere a cosa stessi pensando, Kataoka borbottò, sempre sorseggiando il suo tè: "Se vuoi sdraiarti al sole, fai pure". Siccome aveva mangiato troppo, da quando eravamo arrivati, diceva che al ritorno si sarebbe messo a dieta. Io non avevo mai viaggiato con delle donne; Kataoka si vestiva sempre con cura, teneva molto all'aspetto, il che mi fece pensare che, forse, andare in giro con una donna dovesse essere più o meno così.

In ogni caso, il viaggio era andato proprio come Atsuko mi aveva augurato: "Buon viaggio a Taiwan!". E anche come aveva previsto la nonna, certo.

Da quando ero arrivata, mi ero ricordata più e più volte dell'espressione di Atsuko, del suo sorriso mentre mi parlava di Taiwan.

Forse, se non l'avessi incontrata, non sarei mai venuta qui. Non so perché, ma avevo quest'impressione. Sicuramente la incontrerò di nuovo, incontrerò di nuovo quella persona così solare e simpatica...

E pensavo anche che, forse, ero stata ripagata per aver aiutato, anni prima, Atsuko e suo nonno. Le buone azioni sono come una ruota: girano e ti ritornano. Seguendo un percorso che non ci è dato di conoscere né di calcolare.

C'era una luce estiva, come se avessimo saltato la primavera, e quando il vento fresco soffiava sulle guance calde avvertivo una sensazione di benessere.

"Che farai adesso? Inutile dire che non ho nessuna intenzione di cederti Kaede," disse Kataoka mentre ci incamminavamo verso l'auto.

"Tranquillo, non è quello che voglio. I miei sentimenti sono leggermente diversi da ciò che sospetta lei. Leggermente, però."

Mi misi a ridere.

"Adesso non mi dire banalità del tipo che ti prenderai cura di lui con il tuo amore sincero. Te ne prego." Anche Kataoka stava ridendo.

"Anche quello è leggermente diverso. Non posso dire

che non ci sia una parte di me che desidera Kaede. Ma è una cosa un po' diversa," risposi con sincerità.

"Sai che c'è?... Mal che vada, puoi fare un bambino usando il mio seme: l'idea mi fa talmente orrore che non ci riuscirei nemmeno a occhi chiusi, ma oggi la scienza ha fatto enormi progressi, ci sono tanti modi."

Scoppiai a ridere.

"Questa conversazione non ha senso, signor Kataoka. E soprattutto, perché dovrei fare un bambino usando il suo, di seme? A rigor di logica, sulla base di quello che ci siamo detti, dovrei usare quello di Kaede, non le pare?"

"Ma mi dà fastidio. Però, scusa, non è una buona idea? Alla peggio facciamo un bambino e lo cresciamo tutti insieme."

Capii che era quello ciò che Kataoka desiderava. Sino a quel momento mi aveva dato l'impressione di una persona molto più complessa, quindi rimasi sorpresa. Comprendevo sempre più a fondo i lati buoni del suo carattere.

Certo, si sente solo. Perché lui e Kaede non possono avere bambini. Tutt'a un tratto mi sembrò strano che io, invece, potessi farlo. Avevo ancora un utero e degli ovuli in perfetta salute. Non che li avessi chiesti, ma ce li avevo. Loro, invece, no.

Non mi stupisce che vi siano donne che cercano di trarne vantaggio: è davvero una differenza decisiva.

"Ma proprio alla peggio, eh?"

Doveva essere per forza nella peggiore delle ipotesi: era un'assurdità. Non avevo nessuna intenzione di lasciarmi condizionare da loro sino a quel punto, tuttavia mi facevano tenerezza, e cercai di esprimermi nel tono più gentile possibile.

"Non si preoccupi. Saprò badare a me stessa. E mi innamorerò."

"Sì, quello va bene, però non devi lasciare il lavoro, mi raccomando."

"Le richieste cominciano a essere troppe," replicai. "Non

lo lascerò. Questo lavoro è la mia ragione di vita. E anche Kaede... Signor Kataoka, ha letto *Fiori per Algernon*?"

"Sì, l'ho letto."

"Io somiglio un po' al protagonista. Sono scesa dalla montagna e ho imparato cose nuove, ma certamente un giorno o l'altro vorrò tornare quella di prima, la tabula rasa che ero, tornerò quella ragazza così simile a una bambina. Quella del libro è una storia triste, ma la mia non lo sarà, perché farò tante esperienze e tornerò al punto di partenza, sarò di nuovo quella che ero. Il che non significa che me ne andrò di nuovo in montagna. È una questione che riguarda lo spazio del mio cuore. Ma adesso sono ancora a metà strada, e voglio solo assimilare più che posso. Non aspiro a un lieto fine. Voglio solo essere in grado di badare a me stessa. Perché in fondo sono la nipote di mia nonna."

"Eh, della nonna assassina."

"Ma dice che non ha ucciso nessuno," replicai ridendo. "Non le appartengo, signor Kataoka, e forse non diventerò mai la persona che lei vorrebbe che io fossi, ma le sono davvero grata. Davvero, perché si preoccupa così tanto per me. E se potessi, vorrei essere come lei desidera. Deve credermi."

"Devi vivere come più ti aggrada."

Rilassato dopo il bagno alle terme, Kataoka aveva i capelli spettinati e un'aria molto attraente. Che bello poter passeggiare in un paese straniero con un uomo così affascinante, con il profilo della montagna illuminato dal sole, il verde brillante in lontananza, senza essere una coppia... Mi bastava quello per provare una sensazione di freschezza.

Ed era esattamente quella sensazione di freschezza che desideravo.

Quell'atmosfera allegra doveva essersi impadronita di me, fatto sta che mi dimenticai completamente di quanto fossero state difficili le giornate libere che erano seguite alla mia delusione sentimentale. I giorni passavano nella spensieratezza, parlavo tanto e così mi sfogavo.

I momenti tranquilli si alternano sempre a quelli brutti.

Andare alle terme di sera mi faceva ricordare Shin'chirō.

Finché si trattava di piangere, ero così abituata che il pensiero non mi faceva più paura: a spaventarmi era il fatto che ogni volta che pensavo a lui cominciavo a vedere tutto nero.

Il nostro hotel ospitava, nella parte esterna, una grande vasca, simile a una piscina, che era destinata alle famiglie, e c'era una fontana enorme, come un grande fungo di colore giallo, oltre ad altre vasche più piccole. Poiché si trovava su un'altura, se ci si sedeva a bordo vasca si vedevano in lontananza i grattacieli che apparivano sfuocati e in parte coperti dalla montagna. E si sentivano degli odori, tanti da fare impressione. L'odore dello zolfo, quello delle piante.

Quando pensai che, una volta uscita dall'acqua, sarei tornata in stanza e Shin'chirō non sarebbe stato lì ad attendermi, sentii scendere le lacrime – e pensare che ero convinta che non me ne restassero più, ormai. Come quando cade l'ultima goccia da uno strofinaccio che si è strizzato ben bene.

Vedendo che stavo piangendo nella vasca a ultrasuoni, Kataoka trasalì e mi prese per mano, dicendo: "Andiamo a mangiare, forza! A mangiare!". La sua faccia turbata, sullo sfondo del fungo giallo, avrebbe meritato di essere fotografata.

Quel suo trasalimento così affettuoso arrestò le mie lacrime. La mano di Kataoka era grande, appiccicaticcia, umida.

Uscimmo dall'albergo e ci trovammo di fronte una serie di stradine, tutte salite ripide che portavano su e giù dalla montagna, e dappertutto c'erano ristorantini dove la gente si fermava a mangiare dopo l'orario di lavoro. Camminammo a passo svelto ed entrammo in uno di quei locali.

Kataoka disse: "Allora, intanto bevi, eh? Bevi," e mi versò della birra taiwanese. Io avevo la gola secca e ne mandai giù un bicchiere tutto d'un fiato.

Forse per la tranquillità che mi derivava dal sapere che il nostro lavoro lì si era concluso, o per via del capogiro che mi avevano provocato le terme, o, ancora, perché avevo pianto, fatto sta che mi sentii subito brilla.

Poi arrivarono verdure saltate, funghi e carne in gran quantità.

"Mangia, mangia, mangia a volontà. Mangia e poi vai subito a dormire."

"Non deve preoccuparsi, adesso va meglio. Lasci che sia io a offrire, stavolta."

"Ah, l'hai detta grossa stavolta!" rise Kataoka.

"Questo posto sarà sicuramente economico."

Era animato, con tante famiglie, tavoli e sedie non avevano proprio l'aria di costare chissà quanto, ma i cibi che uscivano dalla cucina sembravano tutti deliziosamente croccanti. Il verde di verdure a me sconosciute luccicava sotto la luce dei neon. Guardando quelle forme mai viste prima ebbi per davvero la sensazione di trovarmi in un paese straniero, e che mentre ero lì Shin'chirō non era più accanto a me.

I fantasmi del passato erano ancora nella mia testa, e di tanto in tanto si impadronivano del corpo. In quei momenti testa e corpo si separavano e finivo per essere risucchiata dalle ombre di un tempo che ormai non c'erano più. Ombre spaventose, senza fondo, che si allungavano e si ritiravano a proprio piacimento, che aggredivano la parte più debole di me e con forza la tiravano, fino a farmi male.

La tristezza torna a colpire quando uno meno se lo aspetta.

Capii che dovevo continuare ad andare avanti, un passo dopo l'altro, senza mai abbassare la guardia.

Al ritorno percorremmo un valico piuttosto ripido. Superammo un albergo ormai abbandonato, procedendo mano nella mano per timore di essere investiti dalle auto che spuntavano nel buio all'improvviso.

Mi sembrava di essere una bambina che teneva per mano un adulto. Cantavamo, le braccia ciondoloni. Le stelle splendevano alte in cielo e mi riportarono alla memoria il sogno in cui le guardavo con Shin'chirō.

Le montagne in lontananza erano ormai un'ombra nera, alle pendici brillavano le luci delicate e un po' sbiadite della città. C'era un fiume nelle vicinanze, e si distingueva vagamente il gorgoglìo dell'acqua. Sentii che l'aria, lì, era più rarefatta. E capii anche che i miei sensi avevano perso colpi. L'aria era profumata.

Le mani tiepide strette una in quella dell'altro, brilli, stavamo componendo un bel ricordo. Ebbi la sensazione che la luce di quegli istanti illuminasse anche il passato. Volevo che brillasse ancora, che andasse sempre più indietro nel tempo. In quella strada buia di montagna.

"Sei una brava persona, sai?" disse Kataoka. "Finalmente capisco Kaede, che ti apprezza senza nessun motivo."

"Avrebbe anche potuto fare a meno del 'senza nessun motivo'!"

Avevo gli occhi gonfi per il pianto e decisi di fare un bagno nella vasca della mia stanza.

Fino a poche ore prima, non mi sarei neanche posta il problema. Le terme mi facevano sempre tornare in mente Shin'chirō. Ma avevo mangiato molto, in più ero affaticata per via del ritorno a piedi, quindi mi venne voglia di fare il bagno.

Era una bella vasca, in pietra nerissima, e quando aprii il rubinetto dell'acqua calda questa prese una gradevole consistenza densa, ed emanava l'odore dello zolfo. Mi venne in mente di intiepidirla con l'acqua fredda, quindi spalancai la finestra e aspettai pazientemente che raggiungesse la giusta temperatura ascoltando il rumore del fiume nei pressi della stradina lì vicino. L'albergo era un po' datato, e rustico, ma proprio per questo non mi procurava ansie di sorta. Insomma, era il tipico posto dove le famiglie portano i bambini, si mettono il costume e giocano in piscine a forma di fungo.

Il vapore mi sfiorò la pelle e ciò fu sufficiente a farmela sentire liscia e morbida.

La passeggiata con Kataoka, entrambi alticci e allegri, aveva fatto sì che anche adesso che mi trovavo in una situazione completamente diversa non mi sentissi sola né triste.

Le emozioni mi avevano seguito sin laggiù e, in fondo, quella strada era davvero meravigliosa.

Finalmente l'acqua raggiunse la temperatura che desideravo, quindi mi immersi nella vasca, con il vento fresco che mi accarezzava il viso e il corpo caldo, mentre quell'acqua lattiginosa e fortemente energetica mi avvolse in un abbraccio che mi intorpidì da capo a piedi.

D'improvviso vidi che una bella trama si era formata sulla parete di granito nero davanti a me.

L'avevo notata quasi per caso, ma era così bella che non riuscii più a distogliere gli occhi.

Era una serie di linee disegnate dalle gocce d'acqua che si erano formate sulla parete.

In quel mondo di vapore soffuso, mi apparvero come un paesaggio dipinto, una foresta. Alberi vicini e lontani, tutti allineati fino al punto in cui lo sguardo si perde, mentre io mi trovavo all'ingresso della foresta. Ebbi la sensazione di riuscire a distinguere persino i rami e le foglioline che vi erano attaccate.

Il vapore, le gocce d'acqua e l'aria proveniente dall'esterno non avevano dipinto di proposito quel paesaggio perfetto sulla parete del mio bagno.

Eppure quella foresta mi sembrava anche più realistica di quella ammirata poche ore prima sullo Yangmingshan. Davanti a me c'erano tutti gli alberi che avevo visto nella mia vita e anche quelli che avrei sognato da allora in poi.

Avvertii un vago timore, poi allungai il dito e tracciai una linea accanto alle altre.

Non appena lo feci svanì tutto e ricomparve la parete del bagno.

Ci rimasi male e provai a tracciare altre linee. Ero nuda, dimentica del resto, ma ormai non c'era più nessun ricordo né emozione. Ciononostante, la prima linea che avevo tracciato era migliore delle altre, che tradivano in modo eccessivo le mie intenzioni.

Ecco! Ho capito!

Takahashi ha cercato fino alla fine di aggiungere linee come quella alla foresta perfetta disegnata dalla natura, solo questo. Voleva fondersi con il resto. Voleva dimenticare la sofferenza, la tristezza, i desideri, lasciarsi avvolgere da qualcosa di più grande, assimilare, sciogliersi. E in ultima istanza credo che ci sia riuscito. Non si trattava solo di Takahashi né del giardino: quel luogo era affiorato all'improvviso, nel bel mezzo di tutto il resto. Al termine della sua breve vita trascorsa sempre insieme alle piante, il suo spirito si era avvicinato alla completezza, ma probabilmente a lui, ormai, non importava neanche più, e ha lasciato il mondo senza alcun rimpianto.

Ha fatto un giro completo ed è tornato bambino. Se n'è andato portando con sé tanti tesori. Perché ha voluto dedicare la sua vita a quello scopo? Perché gli uomini imitano la natura? Non è per rivivere i ricordi migliori né per elevarsi al di sopra del resto. Credo invece che essi affidino la propria felicità a quel qualcosa che li rende capaci di delineare alla perfezione un mondo senza alcun vero motivo.

Si traccia una linea in modo inconsapevole, e quella diventa parte della natura.

Non sapevo disegnare, ma mi sintonizzai sullo stato d'animo di Takahashi.

E rivolsi una preghiera a quella sua energia che doveva essere da qualche parte nel cielo sopra la mia testa. A occhi chiusi, sinceramente.

A volte penso che, se si chiudono gli occhi quando si è in montagna, si possa sentire l'eco delle stelle e dell'universo. Anche allora fu così. Mi sembrò di udire, mescolato al rumore dell'acqua, il suono di qualcosa di infinitamente lontano.

Grazie, grazie per avermi fatto capire una cosa tanto importante. Ciò che tu hai costruito è stato per me una spinta, e di sicuro mi ha cambiato. È davvero un peccato che io non abbia potuto incontrarti quando eri ancora in vita.

Naturalmente le stelle, il profilo della montagna e il vento non mi risposero. Del vento restava soltanto il soffio insieme al gorgoglìo dell'acqua.

Glossario

bentō: pasto da asporto e il suo contenitore. Lo si può preparare in casa o acquistare già pronto in negozio.
chirashi: o *chirashizushi*, è un piatto composto da una base di riso per *sushi* su cui sono adagiate fettine di pesce crudo, frittata e altri ingredienti.
daikon: varietà di ravanello molto diffusa in Asia orientale, ha la forma di una grossa carota di colore bianco ed è utilizzata sia come ingrediente di base che come condimento in numerose preparazioni della cucina giapponese.
dokudami: pianta acquatica (nome scientifico: *Houttuynia cordata*) originaria dell'Asia orientale. Presenta foglie di colore verde intenso e piccoli fiori bianchi.
izakaya: locale di ristorazione in stile tradizionale, generalmente provvisto di stanze con *tatami*, nel quale è possibile consumare pasti e bevande, spesso fino a tarda sera.
kissaten: locali commerciali in stile tradizionale nei quali è possibile consumare bevande calde e fredde, snack e pasti leggeri.
kumazasa: specie di bambù (nome scientifico: *Sasa veitchii*) originaria del Giappone, di taglia media, utilizzata a fini ornamentali e nella preparazione di tisane.
mochi: dolce preparato lessando del riso e poi pestandolo energicamente in un mortaio. Lo si consuma durante le festività, in particolare quella di Capodanno.

onigiri: alimento preparato con riso ripieno di vari ingredienti e stretto in un'alga. Può avere forma triangolare o sferica, e si consuma generalmente come pasto veloce.

shōbu: specie di iris diffuso in Giappone sia come pianta coltivata che selvatica. Poiché omofono del termine che significa "vittoria" (benché i due si scrivano con caratteri diversi), ha un valore propiziatorio.

yukata: indumento simile al kimono ma in cotone. Si indossa soprattutto durante le feste stagionali estive e si trova negli alberghi in stile tradizionale e negli stabilimenti termali.